KB123664

Taming Master
테이밍 마스터

테이밍 마스터 21

2017년 11월 15일 초판 1쇄 인쇄
2017년 11월 20일 초판 1쇄 발행

지은이 박태석
발행인 이종주

기획 팀 이기헌 왕소현 박경무 이승제
책임 편집 최이슬

발행처 (주)로크미디어
출판등록 2003년 3월 24일
주소 서울시 마포구 성암로 330 DMC첨단산업센터 3층 314호
Tel (02)3273-5135 Fax (02)3273-5134
홈페이지 rokmedia.com E-mail rokmedia@empas.com

ⓒ 박태석, 2016

값 8,000원

ISBN 979-11-294-2599-7 (21권)
ISBN 979-11-5960-986-2 04810 (세트)

21

Taming Master

|박태석 게임 판타지 장편소설 |

테이밍마스터

ROK
MEDIA
로크미디어

CONTENTS

파괴의 망치질   7

파죽지세   45

뜻밖의 함정   83

이안의 기지智   119

연속된 위기   155

리치 킹과의 조우   193

팔카치오 왕성의 전투   253

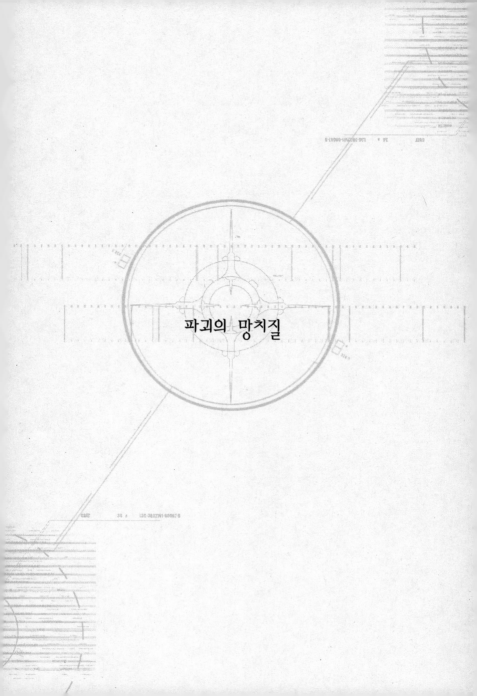

파괴의 망치질

Taming
Master

루시아와 더불어 YTBC의 양대 간판 리포터인 하인스.

그는 오랜만에, 설레는 마음으로 방송국에 들어섰다.

'후후, 오늘은 여러모로 재밌겠는걸.'

하인스의 기분이 상기된 이유는 두 가지였다.

첫 번째로는 오랜만에 인간계의 모든 유저들이 힘을 합치는 초대형 전투를 중계하게 되었기 때문이고, 두 번째로는 LB사에서 개발하여 이번에 처음 배포한 신상품인 '방송용 캡슐' 때문이었다.

그리고 두 가지 이유 중에서도, 사실 하인스를 흥분하게 하는 가장 큰 이유는 바로 후자였다.

지금까지 게임 방송사의 카일란 중계는 거의 대부분이 '수

정구'를 통한 중계로 한정되어 있었다.

전장에 떠다니는 수정구를 통해 송출되는 화면을 방송국에 있는 리포터와 캐스터가 해설하며 진행하는 방식이었던 것이다.

가끔 리포터가 카일란에 접속하여 직접 개인 영상을 송출하며 방송하는 경우도 있었지만, 그런 경우는 드물었다.

방송으로 편성되는 대부분의 콘텐츠가 리포터들의 수준으로 범접하기 힘든 높은 레벨대의 구간이었기 때문이다.

하지만 이번에 LB사에서 최초로 보급한 '방송용 캡슐'은 이야기가 달랐다.

카일란 최초로 '마스터 옵저버 모드Master Observer Mode'를 지원하는 캡슐인 것.

옵저버 모드는 말 그대로 관찰자의 시점에서 게임을 즐길 수 있게 해 주는 시스템이다.

하지만 지금까지 카일란은 이 옵저버 모드를 따로 지원하지 않고 있었다.

사실 어떤 RPG게임도 옵저버 모드를 지원하는 경우가 없었으니 어쩌면 이것은 당연한 이야기일 것이었다.

그러나 게임 방송사를 비롯한 수많은 유저들은 카일란에서 만큼은 옵저버 모드를 지원해 주기를 바랐다.

방송 중계의 편의를 위함은 물론, 일반 유저들 중에도 직접 플레이하는 것만큼이나 옵저버 모드로 다른 유저의 플레이를 함께 즐기기를 원하는 사람들이 많았기 때문이었다.

하여 LB사에서 첫 번째로 선보이게 된 옵저버 모드가 바로 '마스터 옵저버 모드'.

마스터 옵저버 모드는 LB사에서 제공하는 특별한 캡슐로만 이용이 가능하다.

또, 이용 약관을 어길 시에는 LB사에서 임의로 IP를 밴Ban할 수 있다.

이 새로운 모드에 이처럼 제약이 많이 걸리는 이유는 간단하다.

마스터 옵저버 모드의 권한이 상당히 광범위하기 때문이다.

어떤 대상이든 좌표든 원하는 모든 시점으로 접속하여 화면을 송출할 수 있는 권한, 심지어는 몬스터나 NPC의 시점으로도 접속이 가능했으니, 활용하기에 따라서 엄청난 권한이 아닐 수 없었다.

'원하는 모든 대상의 시점으로 옵저빙을 할 수 있다니…….
정말 다이내믹한 연출이 가능하겠어.'

때문에 LB사에서는 마스터 옵저버 모드로의 접속을 사전에 고지된 정규 방송 일정에 한해서만 할 수 있도록 약관에 명시해 놓았다.

그렇지 않으면 유저들의 개인 정보가 침해될 수 있기 때문이었다.

또, 방송 중 옵저버가 머문 시간에 비례하여 방송 수익의 일부분을 유저에게 분배해야 한다는 약관도 명시되어 있다.

물론 그밖에도 수많은 까다로운 약관들이 존재했지만, 그 어떤 게임 방송사에서도 개의치 않았다.

이 마스터 옵저버를 사용하느냐 사용하지 않느냐에 따라 영상의 퀄리티 차이가 엄청날 것이기 때문이었다.

'이안이나 샤크란 같은 랭커를 상대하는 시점에서 촬영한다면……. 정말 생각만 해도 짜릿하군.'

방송실로 향하는 하인스의 걸음이 점점 더 빨라진다.

아직 방송 시작까지는 1시간도 넘게 남아 있었지만, 얼른 신형 캡슐에 접속하여 마스터 옵저버 모드를 테스트해 보고 싶었다.

최근 눈코 뜰 새 없이 바쁜 회사일 때문에 스트레스를 받던 김영우는 오랜만에 TV 앞에 앉아 여유를 즐기고 있었다.

사실 원래대로라면 지금도 업무에 시달리고 있었어야 할 시간이었지만, 오늘은 무리를 해서 반차를 내고 일찍 퇴근을 한 그였다.

'오늘만큼은 YTBC 정규 방송을 놓칠 수 없지.'

이미 엊그제부터 대대적으로 홍보하기 시작한, '어둠의 군대 섬멸전' 방송.

카일란 공식 커뮤니티는 물론 LB사에서도 대대적으로 홍보한 이번 방송은 모든 카일란 유저들의 지대한 관심을 받고 있었다.

그리고 그것은 카일란의 광팬인 김영우 또한 마찬가지였다.

새로운 연출법을 도입한 방송이라는 홍보 문구도 충분히 흥미로웠지만, 다른 것들을 전부 떠나서 인간계 랭커들이 대거 참전하는 '어둠의 군대 섬멸전'이라는 콘텐츠를 놓칠 수가 없었던 것이다.

미리 시켜 놓은 치킨의 다리 한쪽을 뜯어 낸 영우는 입맛을 다시며 중얼거렸다.

"아, 언제 시작하는 거야? 쓸데없는 광고 좀 줄었으면 좋겠네."

시선은 TV 화면에 고정한 채로 연신 툴툴거리는 영우였다.

그리고 잠시 후, 고대하던 카일란 방송이 드디어 시작되었다.

-오래 기다리셨습니다. 시청자 여러분.

-YTBC의 리포터 루시아.

-하인스입니다.

-지금 이곳이 어딘가요, 하인스 님?

-여기가 바로 카일란에 현존하는 최고 레벨대 사냥터, 유피르 고원입니다.

-와아. 그렇군요. 전 오늘 처음 구경하네요. 하인스 님은 유피르 고원

에 와 보신 적이 있으신가요?

　-하하, 저도 직접 와 본 적은 없습니다만, 방송을 통해 본 적은 몇 번 있습니다.

　-그렇군요.

　두 리포터의 방송 진행은 언제나처럼 물 흐르듯 매끄럽게 연결되었다.

　영우는 흡족한 표정으로, 방송에 빠져들기 시작했다.

　"크, 저기 저 시커먼 성곽 안쪽에 어둠의 군대가 있다는 말이지?"

　두 리포터는 오늘 진행될 전투에 대해 간략하게 이야기한 뒤, 이어서 새로 도입된 마스터 옵저버 모드에 대해서도 짧게 설명하였다.

　하지만 옵저버 모드에 관한 설명은 참을성 없는 영우에게 지루할 따름이었다.

　"아, 쓸데없는 설명 그만하고 빨리 전투 화면을 보여 달라니까……."

　그러나 잠시 후, 영우의 중얼거림에 어려 있던 불만은 곧 의아함으로 바뀌었다.

　"뭐, 뭐야? 이안 개인 방송도 아니고 정규 방송인데, 어떻게 이안 시점으로 영상이 송출되는 거지?"

　옵저버 모드에 대한 설명을 흘려들은 영우로서는 도무지 이해할 수 없는 화면 전환이었다.

그리고 영우의 '의아함'이 '감탄'으로 바뀌는 데까지는 그리 오랜 시간이 걸리지 않았다.

"키야아, 미쳤다!"

어느새 화면에 송출되고 있는 영상은 황금빛 갑주를 두른 '거대한 해골기사'의 시점이 되어 있었으니까.

콰콰쾅- 콰쾅-!

황금빛의 거대한 망치가 허공에서부터 떨어져 내리더니, 마치 운석이라도 떨어진 듯 커다란 구덩이가 생겨났다.

영우는, 마치 자신이 해골기사가 되어 망치를 휘두르는 듯한 착각에 빠지기 시작했다.

"서포터들, 토르한테 보호막 좀 걸어 줘!"

"예, 폐하!"

"알겠어요, 이안 님!"

지금 로터스의 전력은 최대한 빨리 적진을 뚫고 성벽 가까이 다가가는 데 전력을 다하고 있었다.

그리고 그 선두에는 이안의 소환수 '토르'가 자리 잡고 있었다.

역삼각형의 구도가 되어 어둠군단의 방어전선을 집요하게 공략하는 로터스의 대군.

선두에서 열심히 망치를 휘두르는 토르를 보며 이안이 쓴 웃음을 지었다.

'역시 토르의 망치질은 골렘조차도 맞아 주질 않는군.'

어둠군단의 주병력 중 하나인 다크골렘은 골렘류 중에서는 가장 민첩성이 빠른 몬스터이다.

하지만 골렘 중에서 '비교적' 빠르다는 것일 뿐, 답답할 정도로 느린 움직임을 가진 몬스터임에도 불구하고 토르의 망치는 잘만 피해서 움직였다.

이안과 함께 토르가 나아갈 길을 뚫던 훈이가 답답하다는 듯한 목소리로 입을 열었다.

"형, 이거 진짜 비밀병기 맞아?"

"그렇다니까."

"골렘도 못 맞추는 멍텅구리를 대체 어디다 쓸 건데?"

"공성에 쓴다니까?"

"공성?"

하지만 이안의 답변에도 불구하고, 훈이의 답답함은 완벽하게 해소되지 않았다.

공성에 사용한다는 이안의 말을 정확히 이해하지 못한 탓이었다.

'저 망치로 성벽이라도 부수겠다는 거야, 뭐야?'

사실 이안의 말을 훈이가 이해할 수 없는 것은 당연했다.

저 무식한 녀석이 공성전에서 할 수 있는 일이라곤 성벽을 향해 망치를 휘두르는 것 정도밖에 없어 보였는데, 그것은 훈이가 생각하기에 무의미한 것이기 때문이었다.

성벽을 부수는 게 불가능한 것은 아니었지만, 너무 효율이 떨어지는 것이다.

'공격력이 아무리 세 봐야 몇만까지 나오진 않을 텐데, 저 느린 공격 속도로 어느 세월에 성벽을 부숴?'

성벽의 내구도는 몇 백만을 넘어 1천만 단위에 육박한다.

어쭙잖은 공격력으로 부술 만한 레벨이 아닌 것이다.

만약 이안이 아닌 다른 유저가 같은 말을 했더라면 속으로 실컷 비웃어 주고 말았을 것이다.

하지만 다른 누구도 아닌 이안이다.

머리 돌아가는 속도가 적어도 훈이 자신보다는 빠를 게 분명한 이안이, 말도 안 되는 전략을 생각했을 리가 없는 것이다.

'대체 뭘까?'

훈이는 거대한 해골기사의 갑주에 무슨 비밀이라도 담겨 있는 것은 아닐지 찬찬히 훑어보았다.

그러는 와중에 로터스의 군대는 점점 성벽에 가까워지고 있었고, 전투는 점점 더 격렬해지기 시작했다.

"키아아악, 감히 인간들이 샬리언 님의 땅에 발을 들이다니! 모두 잿더미로 만들어 주마!"

네임드인 듯 보이는 어둠술사의 포효와 함께 성벽 위쪽에서 수많은 어둠의 구체가 쏟아져 내렸다.

그리고 그것은 이안도 무척이나 잘 알고 있는 상위 티어의 어둠 속성 공격 마법이었다.

"데스 메테오다……."

누군가의 입에서 흘러나온 낮은 읊조림.

그야말로 엄청난 양의 시커먼 운석들이 로터스의 대군을 향해 떨어져 내리기 시작했다.

후방에 있던 피올란이 다급한 표정으로 이안에게 물었다.

"이안 님, 일단 한 템포 물러설까요?"

데스 메테오는 강력한 파괴력을 가지고 있지만, 투사 속도가 무척이나 느리다는 단점을 가지고 있다.

때문에 발동된 것을 확인한 뒤에도 얼마든지 피할 수 있다.

해서 일반적인 경우라면, 피올란의 말처럼 한 템포 뒤로 물러서는 것이 대응책이다.

메테오가 전부 바닥에 떨어져 내릴 때까지 기다렸다가, 다시 진입하면 되는 것이다.

물론 그렇게 한다고 해서 피해가 없는 것은 아니었다.

퇴각하는 과정에서 진영이 흐트러지기 때문에 병력 손실이 있을 수밖에 없는 것이다.

그래도 실드 계열의 마법으로 막아 내는 것보다는 한발 물러서는 편이 훨씬 피해를 줄일 수 있다.

하지만 이안은 피올란의 물음에 고개를 절레절레 저었다.

"뺄 필요 없어요, 피올란 님. 그대로 밀고 들어가죠."

"네에?"

"여기서 한발 빼면 악순환이 시작될 겁니다. 데스 메테오 쿨타임 엄청 짧은 건 알고 계시죠?"

"그건…… 그러네요."

로터스의 군대가 물러서는 동안 어둠술사들의 데스 메테오는 재사용 대기 시간이 다시 돌아올 것이다.

그렇게 되면 이안의 말처럼 악순환의 반복이었다.

"그럼 어쩌죠? 실드 마법이라도 전부 다 연계해야 할까요?"

피올란은 이 난전 속에서도 침착하게 이안과 의사소통을 했다.

그리고 그것은 이안에 대한 믿음이 있기에 가능한 것이었다.

이안이 씨익 웃으며 피올란을 향해 입을 열었다.

"물러설 필요도, 실드 마법 쏟아부을 필요도 없어요."

"……?"

"그냥 무시하고 돌파하면 됩니다. 뒷일은 제가 책임지도록 하죠."

말을 마친 이안이 허공을 향해 힘차게 뛰어오른다.

타탓-!

이어서 눈 깜짝할 사이 소환수 '토르'의 어깨에 올라선 이안이 쩌렁쩌렁한 목소리로 오더를 내렸다.

"눈앞에 방어선을 뚫는 데 집중하라!"

멀리서 다가오는 운석들을 발견한 로터스의 유저들은 잠시 움찔했지만, 곧바로 이안의 오더에 따라 무기를 휘두르기 시작했다.

이안의 오더에 대한 절대적인 믿음이 있었기 때문에 단 한 명의 길드원도 우왕좌왕하지 않았다.

잠시 후면 수십, 수백의 병력이 증발해 버릴 수도 있는 일촉즉발의 상황.

그런데 그 순간, 전장 한복판에서 날카로운 울음소리가 울려 퍼졌다.

끼아아오오!

거대한 바윗덩이가 허공에서부터 떨어져 내렸다.

시야를 그림자로 가득 메울 만큼 거대한 바윗덩어리였다.

"피해!"

"흩어져!"

주변에서 다급한 외침이 들려왔지만, 그 사실을 인지하는 순간 이미 늦었다.

'으, 괜히 참전 신청했나? 그냥 하던 대로 던전 파티사냥이나 뛰러 갈걸……'

330레벨의 마법사 클래스인 리아나는 어느새 자신의 바로 앞까지 쇄도하고 있는 바윗덩이를 발견하고는 눈을 질끈 감았다.

레벨이나 컨트롤 실력에 비해 장비가 무척이나 좋았던 그녀는 로터스 길드에서 내건 DPS 기준을 충족시켰고, 어둠의 군대와의 전쟁에 합류할 수 있었다.

사실 그녀는 이 전쟁 자체에 관심이 있는 것이 아니었다.

그녀가 참전한 이유는 오로지 '이안갓'의 플레이를 가까이서 보고 싶었기 때문.

방금도 넋을 놓고 이안의 플레이를 지켜보다가, 빠져나갈 타이밍을 놓쳐 위험에 노출된 것이었다.

그녀의 컨트롤이 조금 부족하다고는 하나 300레벨대의 마법사 유저라는 것은 변함없는 사실이었고, 본래의 실력이라면 적어도 느릿하게 날아오는 투석기의 바윗덩이 따위에 맞는 일은 없었을 테니 말이다.

하지만 다른 곳에 정신이 팔려 있던 탓에, 느릿한 바윗덩이에 깔려 죽는 수치스런 경험을 하게 생긴 것이다.

'그……래도 이안느님의 플레이를 바로 뒤에서 볼 수 있었잖아? 데스 페널티야 며칠 노가다하면 복구할 수 있겠지, 뭐.'

리아나는 눈을 질끈 감은 채 한숨을 푹 하고 내쉬었다.

그런데 다음 순간, 그녀는 뭔가 이상함을 느낄 수 있었다.

"어?"

이미 사망하여 로그아웃됐어야 할 상황이었건만, 몇 초가 흐른 지금까지도 멀쩡했기 때문이었다.

그녀는 질끈 감았던 눈을 슬쩍 떠 보았다.

이어서 하늘을 본 그녀는, 무척이나 놀란 표정이 되고 말았다.

자신을 향해 날아오던 바윗덩이는 파괴되어 사방으로 흩어졌으며, 그 자리에 처음 보는 붉고 아름다운 커다란 새 한 마리가 날아오르고 있었다.

게다가 그 새의 주변으로는 강렬한 황금빛 기운이 넘실거렸다.

리아나는 조금 전까지 위험했었다는 사실조차 망각한 채, 아름다운 피닉스의 모습을 몽롱한 표정으로 응시하기 시작했다.

끼아아오오-!

거대한 어둠의 구체들이 하늘을 뒤덮었다.

전장에 있는 대부분의 병력들이 뒤로 물러섰지만, 단 한 곳, 로터스의 진영만은 거침없이 앞으로 달려 나가고 있었다.

넋을 놓고 TV를 시청하던 영우는, 황당한 표정이 되어 중얼거렸다.

"아니, 로터스 진영은 왜 안 빠지는 거야? 저거 저러다가 전원 몰살 각인데?"

카일란의 골수팬인 영우는, 이안의 팬이기도 했다.

하여 그는 이안의 행적들 중 모르는 것이 별로 없었다.

"이안갓은 대체 뭐 하고 있는 거야? 데스 메테오라면 본인이 칼리파와 싸울 때 그렇게 유용하게 써먹었으면서 그 위력을 모르지 않을 텐데."

TV의 화면은 지금, 거대한 스켈레톤의 시선으로 화면을 보여 주고 있었다.

이 전장에서 가장 시야가 높은 곳에 있는 존재가 스켈레톤이기 때문인지, 거의 5분째 화면은 그의 시점에서 방송되고 있었다.

"답답하네. 엘카릭스의 드라고닉 배리어를 쓴다고 해도 저 넓은 범위를 다 막아 낼 수는 없을 텐데……."

심지어 이안의 소환수가 가진 스킬들까지 줄줄이 꿰고 있는 김영우.

물론 구체적인 계수 등은 알지 못했지만, 이안이 대충 어떤 스킬들을 가지고 있는지는 알고 있는 그였다.

"으아아아!"

느릿느릿한 어둠의 구체들이 지상으로 다가갈수록 영우의 심장은 점점 더 거칠게 뛰기 시작했다.

그런데 그때, TV의 스피커를 타고 익숙한 목소리가 울려 퍼졌다.

　-피닉스, 태양신의 비호!

　이안의 방송만 수십, 수백 가지를 챙겨 본 영우가 도저히 모를 수 없는 목소리였다.

　그리고 그와 함께 거대한 폭발음이 울려 퍼졌다.

　콰아앙!

　허공에서 떨어져 내리던 바윗덩이 하나가 그대로 폭발해 버린 것이다.

　그리고 그 폭발한 바윗덩이를 뚫고, 한 마리의 아름다운 새가 허공으로 날아올랐다.

　끼요오오오!

　정황상 이안의 소환수임이 분명해 보이는 아름다운 피닉스의 모습.

　영우는 넋을 잃은 채 작은 목소리로 중얼거렸다.

　"뭐지? 이안이 저런 소환수도 가지고 있었어?"

　영우가 놀란 이유는 다른 것이 아니었다.

　그는 떨어져 내리는 바윗덩이에 실린 파괴력을 잘 알고 있었던 것이다.

　저 바윗덩이를 몸으로 받아 내고도 멀쩡하다는 것은, 지금 저 화려한 소환수가 '무적' 상태라는 말과 다름이 없었다.

　놀람에 이어 흥미로운 표정이 된 영우의 얼굴.

　하지만 잠시 후, 그는 더욱 놀랄 수밖에 없었다.

피닉스의 몸에서 뿜어져 나온 강렬한 황금빛 기운이 점점 넓게 퍼져 나가기 시작한 것이다.

심지어 그 황금빛 기운에 닿는 순간…….

"메, 메테오가 사라졌어!"

허공에서 떨어져 내리던 데스 메테오가 거짓말처럼 사라져 버렸다.

마치 지우개로 지운 것처럼.

강력하기로는 그 어떤 공격 마법과 비교해도 꿀리지 않지만, 투사 속도가 무척이나 느리다는 단점을 가진 데스 메테오.

그리고 이안은, 이 데스 메테오의 단점을 완벽히 이용하였다.

'좋아. 닉, 하늘에 있는 모든 데스 메테오를 지워 버리는 거야!'

이안의 새로운 소환수 '닉'의 고유 능력인 태양신의 비호.

피닉스를 중심으로 반경 50미터 이내의 모든 공격 마법을 무효화시켜 버리는 이 사기적인 고유 능력은, 이안이 피닉스를 탐냈던 가장 큰 이유였다.

바로 지금과 같은 상황에서 적 마법사들의 뒤통수를 제대로 후려 줄 수 있는 스킬이었으니 말이다.

"대, 대체 뭐야?"

"메테오가 사라지고 있어!"

닉이 날아오른 순간 허공에 떠 있던 메테오의 30퍼센트 정도가 그대로 황금빛에 녹아 사라졌다.

하지만 이안은 거기서 만족하지 않았다.

"엘, 헤이스트!"

"알겠어요, 아빠!"

엘의 헤이스트 마법까지 동원하여 그렇지 않아도 빠른 닉의 이동 속도를 더욱 빠르게 버프시킨 뒤 '태양신의 비호'가 지속되는 3초 동안 하늘의 모든 메테오를 없애 버린 것이다.

끼요오오!

쉽게 말해 사방 50미터의 범위를 지울 수 있는 지우개를 3초 동안 슥삭 움직여서, 떨어져 내리던 메테오를 전부 지웠다고 할 수 있었다.

그리고 그 광경을 목격한 유저들은, 그야말로 어처구니없는 표정이 되고 말았다.

"방금 봤어?"

"와⋯⋯."

방송을 시청하던 네티즌들 또한 난리가 났음은 말할 것도 없었다.

-헐⋯⋯. 님들, 저거 밸붕 사기 스킬 아님?

-ㅇㅇ 이건 진짜 너무했다. 저렇게 광역으로 한 번에 마법 다 무효화시켜 버리면, 마법사들은 뭐 먹고 살라는 거지?

—ㄴㄴ 진짜 좋은 스킬이긴 한데, 밸붕까진 아닌 듯요.

—왜죠? 나도 밸붕 같아 보이는데.

—생각해 보셈. 방금 이안이 보여 준 건 투사 속도 느린 데스 메테오 같은 마법 상대할 때나 가능한 거지, 눈 깜짝할 사이 터져 버리는 헬파이어나 블리자드같이 10초 이상 길게 지속되는 마법들 상대로는 무용지물임.

—그리고 저 정도 스킬이면, 재사용 대기 시간도 충분히 길겠죠.

—하긴……. 그것도 그러네요.

—이건 그냥 갑자기 든 생각인데, 이안이라면 헬파이어 캐스팅 모션만 보고 미리 발동시켜서 막아 버릴 수도 있을 듯.

—ㅋㅋㅋ 진짜 그럴 수도.

—어쨌든 이안갓! 방송 시작하자마자 팬티 갈아입고 와야겠네. 후…….

어쨌든 방금 이안의 한 수는, 수성하는 입장에서 무척이나 치명적인 것이었다.

데스 메테오를 통해 제법 시간을 끌 수 있을 것으로 판단했는데, 생각지 못했던 한 수 때문에 너무도 빨리 방어선이 뚫려 버린 것이다.

성벽에 접근을 허용하는 순간 방어시설에 직접적인 피해가 들어오기 시작하기 때문에, 어둠술사들은 마음이 급해지기 시작했다.

"성벽에 오르지 못하도록 뜨거운 기름을 부어라!"

"내성에 있는 병력까지 끌어와 성벽을 사수하라!"

"사다리를 올리지 못하도록 불을 질러라!"

성벽의 위에서 부산히 움직이는 어둠군단들.

이안은 어둠술사들이 내리는 오더를 들으며, 속으로 히죽 히죽 비웃었다.

'대체 누가 성벽 위로 올라간다는 거야?'

핀의 위에 올라탄 이안이, 허공으로 솟아오르며 오더를 내리기 시작했다.

"좌우 방어병력은 지금부터 토르만 지킵니다! 마법사들은 실드 연계해 주시고, 성벽은 오를 필요 없습니다!"

그리고 이안의 오더에 따라 로터스의 병력들은 일사불란 하게 움직였다.

거대한 망치를 치켜 든 토르를 중심으로 원진圓陣을 구축 하기 시작한 것이다.

이어서 이안이 그토록 써먹어 보고 싶었던 토르의 고유 능력이 차징되기 시작했다.

"토르, 파괴의 망치질!"

그어어어-!

자신의 몸집만 한 미스릴 망치를 번쩍 치켜 든 토르가, 입을 쩍 벌리며 기합성을 내질렀다.

그러자 망치의 주변으로 황금빛 기류가 일렁였다.

그리고 그것을 본 어둠술사들은, 황급히 오더를 변경하

였다.

"놈이 성벽을 공격하려 한다!"

"수리공을 동원해서 성벽 수리를 준비해!"

'파괴의 망치질' 고유 능력은, 5초라는 제법 긴 차징 시간을 필요로 하는 충전 기술이다.

그렇다면 이 5초 동안 이안은 가만히 스킬이 발동되기를 기다리고만 있었을까?

물론 그것은 아니었다.

쐐애애액–!

모든 방어병력의 시선이 토르에게로 쏠린 틈을 타 이안은 핀을 타고 하늘 높이 날아올랐다.

거친 파공성을 일으키며, 순식간에 구름 위로 날아오른 이안.

성안의 방어 타워에서 쉴 새 없이 화살이 날아왔지만, 이안은 아껴 뒀던 드라고닉 배리어까지 활용하며 공격을 버텨 내었다.

바로 이 한 방을 위해서 말이다.

"빡빡이, 소환!"

이안의 입이 떨어짐과 동시에 허공에 거대한 한 마리의 귀룡이 소환되었다.

토르만큼은 아니지만 엄청난 몸집과 무게를 자랑하는 소환수인 빡빡이.

이안은 과거 파이로 영지 수성전에서 활용했던 방식을, 이번에는 공성전에 활용해 볼 생각이었다.

콰아아아ー!

파공성이라기에는 무척이나 과격한 소리가 울려 퍼지며, 빡빡이의 거구가 쏜살같이 성벽을 향해 추락했다.

방어타워의 사정거리에서 벗어나기 위해 얼른 뒤쪽으로 몸을 뺀 이안이, 긴장한 눈빛으로 그 광경을 지켜보았다.

'타이밍이 맞아떨어져야 하는데…….'

고도가 낮아질수록 점점 더 빠른 속도로 낙하하는 빡빡이.

그리고 그 순간.

크아아아아ー!

널따란 전장 전체에, 커다란 토르의 괴성이 울려 퍼졌다.

콰아앙ー!

5초간의 차징을 끝낸 토르의 미스릴 망치가, 어둠성의 성벽에 떨어져 내린 것이다.

콰쾅ー 콰콰쾅ー!

토르의 망치질은 단 한 번이었지만, 폭발음은 한 번에서 그치지 않았다.

'파괴의 망치질' 고유 능력에 붙어 있는 추가 피해 때문이었다.

ー소환수 '토르'가 고유 능력 '파괴의 망치질'을 발동합니다.

ー'어둠의 성벽'에 치명적인 피해를 입혔습니다!

-'어둠의 성벽'의 내구도가 5,879,809만큼 감소합니다!

-'무생물'을 공격하였으므로 추가 피해가 발동합니다.

-'어둠의 성벽'의 내구도가 17,609,890만큼 감소합니다.

이안의 눈앞에 순간적으로 주르륵 떠오르는 시스템 메시지들.

그것을 확인한 이안은, 순간 엄청난 쾌감을 느낄 수 있었다.

'크으, 역시 모든 계수가 곱 연산이었어! 패시브도 중첩인 것 같고.'

도합 2천만이 넘는 말도 안 되는 대미지를 꽂아 넣은 토르의 '파괴의 망치질'.

이런 말도 안 되는 수치가 나올 수 있었던 이유는 간단했다.

기본적으로 150퍼센트만큼의 공격력 버프를 주는 데다, '무생물'을 공격할 시 500퍼센트의 추가 버프를 입혀 주는 패시브 스킬인 '거인의 해머'.

이미 여섯 배 뻥튀기 된 토르의 공격력이 '파괴의 망치질'에 붙어 있는 1,000퍼센트 계수로 인해 추가로 열 배 증가하였고, 그것은 588만이라는 괴랄한 수치가 되어 나타났다.

게다가 여기서 끝이 아니다.

'파괴의 망치질'에 붙어 있는 옵션인, 50~500퍼센트 계수의 랜덤 추가 피해.

이것이 300퍼센트 언저리의 수치로 터지면서, 그 세 배에 달하는 추가 피해가 들어가 버린 것이다.

그리고 2천만에 달하는 피해는 아무리 높은 내구도를 가진 성벽이라 하더라도 버텨 낼 수 있는 수치가 아니었다.

쿠릉— 쿠르릉—!

해머가 떨어져 내린 자리에서부터 금이 쩍쩍 가며, 성곽에 균열이 퍼지기 시작했다.

그러자 더욱 다급해진 어둠술사들이 성벽에 달라붙은 수리공들을 재촉하였다.

"성벽을 사수해야 한다! 온 힘을 다해 수리하란 말이야!"

하지만 그 명령들은, 다음 순간 공허한 외침으로 남을 수밖에 없었다.

콰앙—!

어느새 황금빛으로 빛나는 빡빡이가 금이 간 성벽 위에 떨어져 내렸기 때문이었다.

그리고 그것으로, 엄청난 규모를 자랑하던 어둠성의 한쪽 성벽이 두부처럼 부서져 버렸다.

"뭐야? 저거 대체 어떻게 한 거야?"

쏟아지는 데스 메테오들을 피해 한 템포 뒤로 물러서 있던 샤크란은 멀찍이 무너져 내리는 성벽을 멍한 표정으로 바라보았다.

'대체 뭐지? 어둠의 성벽 내구도가 너프라도 먹은 건가? 그게 아니라면 이 시점에서 부서지는 건 말도 안 되는 거 같은데…….'

거리가 멀어서 정확히 보지는 못했지만 성벽이 무너지는 데 걸린 시간은 10초, 아니, 그조차도 되지 않는 듯 보였다.

황금빛의 광채가 몇 번 번쩍이는 듯 싶더니, 그 거대한 성벽이 우르르 무너져 내린 것이다.

'어둠의 성벽 내구도가 적어도 3천만은 되는 걸로 알고 있는데.'

3천만이라는 수치 자체도 엄청난 것이지만, 성벽이 가진 내구도는 숫자만으로 판단할 수 있는 것이 아니었다.

성벽의 방어력에 적용되는 대미지 공식은, 일반적인 몬스터나 유저의 방어력에 적용되는 것과 완전히 다르기 때문이다.

성벽의 방어 속성은 '무생물' 타입.

'무생물'은 지금까지 알려진 모든 방어 속성 중 효율이 가장 뛰어난 속성이다.

카일란 공식 커뮤니티에는 지금까지 쌓인 데이터를 기반으로 유저들이 연구해 놓은 공략 게시판이 있는데, 그곳에 올라와 있는 '무생물' 방어 타입에 대한 정보는 다음과 같았다.

–무생물 방어 타입

무생물 방어 타입을 가진 개체는, '내구도'가 '생명력' 대신의 역할을 한다.

　일반적으로 지형지물이나 방어 시설, 갑옷이나 무기 같은 아이템 등이 '무생물' 방어 타입을 가지고 있다(착용할 수 있는 장비의 경우, 착용했을 시 내구도 소모가 다른 방식으로 적용된다).

　무생물 방어 타입은, '마법' 속성의 공격에 아무런 피해를 입지 않는다.(Magic Immune)

　무생물 방어 타입은, '물리' 속성 공격으로 인한 피해를 90~95퍼센트만큼 감소시킨다.

　무생물 방어 타입은, '공성' 속성 공격으로 인한 피해를 200~250퍼센트만큼 입는다.

　*모든 계수는 실험을 통해 추측된 대략적인 수치이며, 정보는 정확하지 않을 수 있습니다.

　위 글만 읽어 봐도 알 수 있듯, 성벽을 일반적인 방법으로 파괴하는 것은 무척이나 힘들다.

　그리고 이것은 가상현실의 현실성을 좀 더 높여 주기 위한 카일란 기획 팀의 기획 의도였다.

　공격력이 아무리 강하다고 한들 성벽에 창이나 검을 휘둘러서 쉽게 무너뜨릴 수 있다면, 그것은 너무 비현실적이라고 생각했던 것이다.

　과거 뿍뿍이가 '어비스 터틀'이었던 시절, 등껍질 안으로 들어가 '무생물' 상태가 되었을 때 괴랄한 방어력을 가질 수 있었던 것도, 사실 이러한 설정에 기인했던 것이다.

물론 위의 내용에도 써 있듯 '공성' 타입의 공격이라면 이야기가 다르다.

최상급 공성병기를 여러 대 끌고 가서 프리 딜을 할 수 있다면, 10초가 아니라 5초 안에도 부술 수 있는 것이 성벽이었으니 말이다.

다만 문제는 공성병기들의 내구도가 일반적으로 무척이나 약하다는 점이었다.

방어 타워의 공격에 잠시만 노출되도 부서져 버리니, 여러 대는커녕, 한 대조차 성벽 앞까지 가져가는 게 불가능한 수준인 것이다.

어쨌든 샤크란은 눈앞에 펼쳐진 놀랍다 못해 당황스러운 상황을 해석하기 위해 빠르게 머리를 굴렸다.

'결국 저게 가능하려면, 저 망치 든 놈의 공격 타입이 공성이라는 건데…….'

샤크란은 고개를 절레절레 저었다.

공성 타입의 공격 속성을 가진 소환수가 있다는 얘기는 그야말로 듣도 보도 못했던 것이다.

"저 미친놈은 어떻게 까도 까도 계속 뭐가 나오는 거지?"

카일란에 대한 이해도가 누구보다도 높은 샤크란이기에, 더욱 감탄할 수밖에 없는 괴물 같은 유저.

'이안'은 카일란 한국 서버에서 샤크란이 유일하게 인정할 수밖에 없는 인물이었다.

'하지만 그렇다고 해서 넋 놓고 있을 순 없지.'

잠시 당황하기는 했지만 샤크란은 더욱 전의를 불태우기 시작했다.

예상치 못했던 상황에 분명히 놀라기는 했으나, 이 정도로 전의를 잃을 그가 아니었다.

'어쨌든 성벽이 뚫렸으니 저쪽으로 방어 병력이 집중될 테고……'

샤크란의 눈에서 굳은 눈빛이 흘러나왔다.

'이렇게 된 이상, 처음부터 전력을 다한다.'

전마戰馬에 올라탄 샤크란이 검을 높이 치켜들며 큰 소리로 오더를 내렸다.

"용기병, 전원 출정한다!"

타이탄 길드에서 아직까지 단 한 번도 내보이지 않고 숨겨 두고 있었던, 그야말로 회심의 패.

샤크란이 그것을 꺼내 들자, 옆에 있던 에밀리가 살짝 당황한 표정으로 물었다.

"마스터, 용기병은 최후에 리치 킹을 상대할 때 꺼낸다 하지 않으셨습니까?"

공중 유닛인 '용기병'은 방어 타워들이 즐비한 공성전에서는 쉽사리 꺼내 들기 힘든 패였다.

하지만 지금처럼 수성병력의 모든 시선이 한곳으로 집중

되어 있는 상황이라면, 적의 허점을 찌를 수 있는 훌륭한 카드가 될 터였다.

"이번 전투에선 계획을 조금 수정해야겠어, 에밀리."

"예?"

"오늘은 공성 보너스를 포기하고, 에픽 보너스로 노선을 바꾼다."

샤크란의 말을 잠시 곱씹던 에밀리의 두 눈이, 잠시 후 살짝 확대되었다.

그의 판단이 무척이나 괜찮아 보였던 것이다.

'용기병들을 이용해 450레벨쯤 되는 에픽 어둠술사 위주로 암살하는 전략을 쓰면……. 공성 보너스 못지않은 공헌도를 쌓을 수도 있겠어.'

타이탄 길드의 책사답게 순간적으로 샤크란의 전략을 이해한 에밀리가 감탄 어린 목소리로 입을 열었다.

"역시 마스터!"

"로터스 녀석들이 정면을 뚫는 동안, 후방으로 들어가서 허를 찔러 보자고."

캬아아오!

십수 마리 정도는 되어 보이는 커다란 용들이, 타이탄의 진영에서 하늘로 솟구쳐 올라갔다.

그리고 그 모습을 지켜보는 샤크란의 한쪽 입꼬리가 씨익 말려 올라갔다.

'후후, 이안. 이번에는 네놈이 놀랄 차례다.'

타이탄 길드의 용기병은, 놀랍게도 과거 이안이 용신 세카이토로부터 지원받았던 용기병과 같은 외형을 하고 있었다.

물론 중간계의 NPC들이었던 그들보다 티어가 떨어지기는 하지만, 그럼에도 불구하고 현재 왕국군이 운용할 수 있는 어떤 병력들보다 강력한 힘을 가졌다는 것만은 틀림없는 사실이었다.

용기병들이 등장한 순간 수성병력들이 속수무책으로 무너져 내리고 있는 것만 봐도 알 수 있었다.

'오호, 용기병이라…… 저걸 대체 어떻게 얻은 거지?'

용기병을 발견한 이안은, 샤크란의 기대처럼 놀란 표정이 되었다.

하지만 그뿐, 이안의 놀라움은 그리 오래가지 않았다.

용기병의 위력이 별로여서는 아니었다.

세카이토의 용기병들에 비해 부족하다 뿐이지, 이안이 보기에도 그들은 충분히 강력했으니 말이다.

다만 타이탄 길드의 용기병들이 이안이 알던 용기병과 외형만 같은 '다른 존재'라는 것을 깨달았기 때문이었다.

다시 말해, 저 용기병들이 중간계의 콘텐츠와 관련이 없는 녀석들이라는 것을 깨달은 것이다.

'에이, 난 또 중간계의 용기병이라도 데려온 줄 알았네.'

심지어 이안은 타이탄 길드에서 꺼내 든 회심의 카드를 오히려 쌍수 들고 환영하기 시작했다.

"이야, 역시 타이탄 길드!"

이안의 감탄에, 옆에 있던 훈이가 의아한 표정으로 물었다.

"왜 그래, 형?"

"저기 용기병 보이냐?"

그리고 용기병을 발견한 훈이의 입에서도, 반사적으로 감탄사가 흘러나왔다.

"용기병이라고? 정말? 오오……!"

이어서 이안의 입가에 음흉한 미소가 걸렸다.

"흐흐, 샤크란 아재가 우릴 작정하고 도와주는데?"

이안이 무슨 말을 하는 것인지 대번에 파악한 훈이도 그에 맞춰 너스레를 떨었다.

"그러게. 다음에 하린 누나 가게에서 밥이라도 한번 대접해야 하겠는걸?"

애초에 타이탄 길드와의 경쟁보다는 시간 내에 퀘스트를 완료하는 데에 초점이 맞춰져 있던 두 사람이었다.

때문에 샤크란의 예상과는 달리 둘은 타이탄의 병력이 활약할수록 오히려 환영할 수밖에 없었던 것이다.

"샤크란 아재가 저렇게 열심히 도와주는데, 우리도 더욱 분발해야겠어.”

“그러게. 나 쪼금 감동 먹었어, 형.”

씨익 웃으며 흑마법을 캐스팅하기 시작하는 훈이.

그런 훈이를 보며, 이안도 다시 움직였다.

“가자, 토르! 용기병들이 뛰어 놀기 좋도록, 우린 방어 타
워부터 싸그리 철거해 주자고!”

그어어어-!

토르는 무슨 말인지 이해하지도 못했으면서 연신 고개를
끄덕였다.

로터스 길드 마법사들의 집중 지원을 받아 온갖 버프들로
떡칠된 토르가 망치를 휘두르며 앞으로 뛰어나가기 시작했다.

쿵- 쿵- 콰쾅-!

그리고 토르가 날뛰며 망치를 휘두를수록, 성벽은 더욱 넓
게 무너져 내렸다.

그렇게 몇 분 정도가 지나자, 안으로 일개 부대가 진입할
수 있을 만큼의 충분한 공간이 생겨난 것이다.

부대를 통솔하여 성 안쪽으로 진입한 이안이 소환수들의
스킬들을 빠르게 체크하였다.

‘파괴의 망치질 재사용 대기 시간은 아직 한참 남았고…….’

이안의 눈이 어둠의 성 안쪽에 있는 방어 타워들을 빠르게
스캔하기 시작했다.

‘타이탄의 용기병들이 최대한 활약하려면 대공타워들을

우선적으로 철거해야겠지.'

용기병들은 물론 와이번 나이트와 같은 공중 유닛들은, 사실상 왕국에서 양성할 수 있는 병력들 중 최상위 티어에 속하는 강력한 녀석들이다.

하지만 대공타워에는 그야말로 속수무책이었다.

지상군은 공격할 수 없지만, 공중에 특화되어 무지막지한 공격력을 자랑하는 특이한 방어 타워.

카일란의 기획 팀은 대공타워를 무척이나 강력하게 만들어 놓았는데, 이것은 공성전의 밸런스 때문이었다.

성벽을 아무런 제약 없이 넘어올 수 있는 공중 유닛들의 존재가 공성전의 밸런스를 붕괴시키기 너무나도 쉬웠던 것이다.

심지어 대공타워들은 일반 타워에 비해 배 이상 되는 내구도를 가지고 있었기 때문에, 일반적인 공성전에서는 아예 무시해 버리는 경우도 많았다.

대공타워가 워낙 강력하다 보니, 공성전에서 공중병력 운용을 아예 포기해 버리고 지상군으로만 전쟁을 치르는 것이다.

'하지만 토르와 함께라면 얘기가 다르지!'

이안은 눈을 반짝이며, 망치를 휘두르는 토르의 뒷모습을 응시하였다.

느릿느릿한 공격 속도지만 방어 시설 철거 하나는 기가 막히게 잘하는 기특한 녀석.

쿵! 쿵!

'파괴의 해골기사'라는 이름에 걸맞게 파괴 본능이라도 있는 것인지, 녀석은 눈앞에 보이는 타워를 향해 미친 듯이 달려들었다.

이안이 따로 명령을 내리지 않았음에도 말이다.

쿵- 쿵- 쾅-!

묵직한 두 번의 발소리에 이어 그대로 해머를 내려치는 토르.

- 소환수 '토르'가 '어둠의 공격 타워 II'에 치명적인 피해를 입혔습니다!

- '어둠의 공격 타워 II'의 내구도가 2,251,155만큼 감소합니다!

- '무생물'을 공격하였으므로, 추가 피해가 발동합니다.

- '어둠의 공격 타워 II'의 내구도가 1,125,102만큼 감소합니다.

단 한 방에 걸레짝이 되어 버리는 하급 방어 타워를 보며, 이안은 싱글벙글한 표정이 되었다.

이제 '동상이몽' 중일 샤크란을 위해 성실히 타워를 철거해 줄 차례였다.

'후후. 아재, 내성으로 진입해서 네임드 위주로 공략하려는 모양인데…….'

샤크란을 떠올린 이안의 한쪽 입꼬리가 씨익 말려 올라갔다.

'아주 열심히 서포팅해 주도록 하지.'

로터스 길드의 유일한 경쟁 상대이자 호적수라 할 수 있는 타이탄 길드.

하지만 지금의 샤크란과 타이탄 길드는 이안에게 단지 성실한 일꾼처럼 보일 뿐이었다.

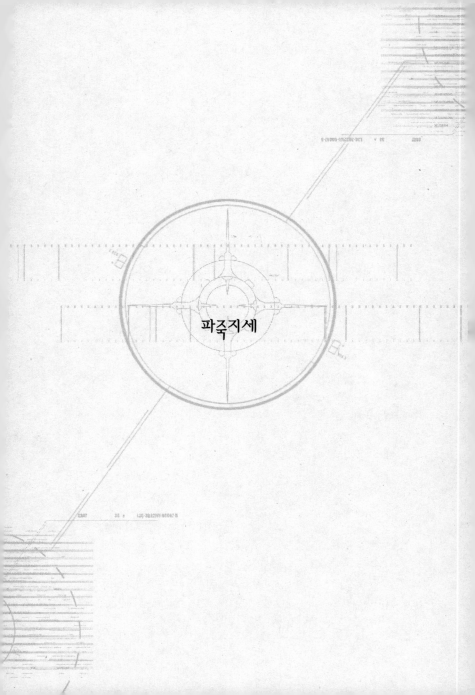

파죽지세

Taming Master

"후, 당장이라도 기절할 것 같긴 하지만……."

쾡한 눈으로 소파에 앉아, 벽에 걸려 있는 TV화면을 응시하고 있는 남자.

거의 보름 동안 하루 평균 3시간밖에 수면을 취하지 못한 남자의 이름은, 다름 아닌 나지찬이었다.

"그래도 이 방송은 끝까지 보고 자야겠지."

나지찬과 기획 팀은 지옥의 스케줄을 소화한 끝에 이안이 던져 준 과제를 완수할 수 있었다.

물론 새 콘텐츠가 개발 단계까지 100퍼센트 끝난 것은 아니었다.

기획이 마무리된 것일 뿐, 이제 게임에 적용시키는 일이 남은 것이다.

하지만 개발은 개발 팀의 일이지 기획 팀이 해야 할 일은 아니었기에, 나지찬에게는 모처럼의 휴가가 주어졌다.

벌컥벌컥.

각성제가 잔뜩 들어간 에너지드링크를 단숨에 마신 나지찬은 한층 맑아진 눈으로 화면을 응시하기 시작했다.

TV의 화면에는 인간계의 유저들과 어둠의 군대 사이의 싸움이 한창이었다.

한동안 TV에서 눈을 떼지 못하던 나지찬은 흥미롭다는 듯한 표정으로 중얼거렸다.

"인간계 랭커란 랭커는 전부 모아 놨네. 용케도 죄다 꼬여 냈군. 다른 길드들은 그렇다 쳐도……. 타이탄 길드는 대체 어떻게 회유한 거지?"

나지찬은 수석 기획자인 만큼 현 카일란 유저들의 판도를 거의 꿰고 있었다.

때문에 이렇게 인간계 유저들이 한 마음으로 에피소드 공략을 시작했다는 사실이, 무척이나 신기했다.

"역시 이안인가?"

하지만 방송을 지켜보던 나지찬의 입가에, 곧 회심의 미소가 걸렸다.

타이탄 길드의 정예부대가 성벽을 넘어 내성으로 침투하는 것을 발견했기 때문이었다.

"역시, 타이탄이 주도권을 곱게 로터스에 쥐여 줄 리가 없지."

전방에 수성군의 시선이 몰린 틈을 타 내성으로 침투하는 전략은 사실 나쁜 것이 아니었다.

후방에서 수성군의 뒤를 친다면, 방어선을 훨씬 빠르게 뚫을 수 있을 것이기 때문이었다.

하지만 기획자인 나지찬의 눈에는 타이탄의 정예부대가 그렇게 움직이지 않을 것이라는 게 뻔히 보였다.

'어떻게든 로터스보다 공헌도를 많이 먹으려고 안간힘을 쓰겠지. 그러다 보면 클리어 시간은 점점 더 지체될 테고 말이야.'

타이탄은 네임드 몬스터들을 독식하기 위해서라도 전방이 빨리 뚫리는 것을 원치 않을 것이었다.

그러다 보면 성이 함락되는 데까지 걸리는 시간은 자연히 길어질 수밖에 없는 것이다.

'아무리 로터스라도 타이탄의 지원 없이는 외성 뚫는 게 쉽지 않을 터.'

사실 나지찬이 이런 생각을 하고 있는 지금, 외성의 성벽은 이미 뚫린 상태였다.

다만 나지찬이 TV를 조금 늦게 켰기 때문에 아직 '토르'의 존재를 확인하지 못한 것이다.

나지찬은 타이탄의 용기병들이 성벽을 넘는 부분부터 시

청을 시작했고, 때문에 이러한 오해를 하게 된 것이었다.

하지만 그 오해도 잠시뿐.

콰아앙-!

어디선가 벼락이 떨어져 내리는 듯한 굉음이 울려 퍼지더니, TV에 송출되는 영상의 시점이 바뀌었다.

그리고 스피커에서는 벌써부터 목이 쉬어 버린 듯한 캐스터들의 목소리가 연신 흘러나오기 시작했다.

-아, 토르! 정말 엄청난 소환수가 등장했습니다!

-3단계 대공 타워를 망치질 한 방에 부숴 버리다니요!

-하인스 님, 어둠군단의 1차 방어전선이 앞으로 얼마나 버틸 수 있을까요?

-글쎄요. 지금 공성군의 기세를 봐서는 5분도 채 힘들지 않을까요? 게다가 이미 타이탄 길드의 용기병은 후방으로 침투에 성공했거든요.

-그렇죠!

-게다가 이안이, 용기병들이 활약하기 좋도록 대공 타워를 모조리 철거하고 있어요. 이거 이대로 고속도로 뚫겠다는 얘기거든요!

황금빛 광채가 벼락같이 솟아오르며, 거대한 대공 타워가 힘없이 무너졌다.

화면으로 그 모습을 확인한 나지찬은 뒤통수를 한 대 맞은 표정으로 입을 쩍 벌리고 말았다.

"아니, 저 미친 소환수가…… 대체 어떻게 벌써 등장한 거지?"

벌떡 일어난 나지찬의 시선은 미친 듯이 망치를 휘두르는 토르를 향해 고정될 수밖에 없었다.

"부, 분명…… 파괴의 해골기사야 저건."

'파괴의 해골기사'라는 이름을 가진, 그야말로 '공성전'을 위해 태어난 소환수.

나지찬은 허탈한 표정이 되고 말았다.

명계에 가야만 만들어 낼 수 있는 상위 콘텐츠의 소환수가 지금 로터스의 진영에서 날뛰고 있었기 때문이었다.

"아니, 이, 이러고 있을 때가 아니지. 개발 팀에 전화해야겠어!"

명계 콘텐츠가 풀리지조차 않은 이 시점에, 저 괴물 같은 녀석이 어떻게 등장한 것인지는 알 수 없었다.

하지만 지금 중요한 것은 그게 아니었다.

이안이 리치 킹 처치 퀘스트를 클리어할 확률이, 1할 정도에서 거의 5할 이상까지 올라가 버렸기 때문이었다.

게다가 클리어 시점이 예상보다 이삼일 정도 더 당겨질 수도 있는 상황이 되어 버렸다.

리치 킹을 만나려면 다섯 채의 어둠의 성을 전부 함락시켜야 한다.

하지만 이 속도대로라면 하루에 한 채씩 함락될 수도 있어 보였던 것이다.

그야말로 파죽지세.

이 때문에 개발 팀에는 심각한 비상이 걸리고 말았다.

"세일론, 후방 좀 막아 줘!"

"알겠습니다, 마스터."

타이탄의 정예부대는 용기병들을 필두로 하여 내성에 성공적으로 침투하였다.

전체적으로 스텟이 높은 유닛인 용기병들이 길을 열어 주면, 그 뒤로 플라이곤Flygon을 타고 따라 움직인 것이다.

플라이곤은 쉽게 말해 '수송기' 같은 역할을 해 주는 공중 유닛으로, 한 기당 최대 열 명 정도의 유저를 태울 수 있는 커다란 익룡이다.

어쨌든 내성에 발을 디딘 샤크란은 빠르게 안으로 침투하여 네임드 몬스터들을 찾아다녔다.

로터스를 비롯한 다른 유저들이 내성까지 돌파하기 전에, 최대한 많은 네임드 공헌도를 독식해야 했기 때문이다.

"크하하, 좋았어! 이대로 전부 쓸어 버리자고!"

타이탄 길드의 초창기 멤버이자 전사 클래스의 랭커인 하쿰의 걸걸한 목소리에, 옆에 있던 에밀리가 핀잔을 주었다.

"목소리 좀 줄여, 하쿰. 너 때문에 어그로 끌려서 포위되면 곤란해진다고."

"크하핫, 일일이 찾아다니기 귀찮은데 포위되면 좋지!"

"닥치고 도끼나 휘둘러."

"아, 알겠어……."

타이탄의 정예부대는, 과연 뛰어난 기량을 가지고 있었다.

사실 숫자만 놓고 보았을 땐 로터스보다도 더 많은 랭커들을 보유하고 있는 타이탄 길드였기 때문에, 어쩌면 이러한 전력은 당연한 것일 수도 있었다.

"크아아오, 인간, 샬리언 님의 권능 앞에 무릎 꿇을지어다!"

일반적인 인간보다 세 배 이상은 거대한 몸집을 지닌 데스 나이트가 샤크란을 향해 포효하며 달려들었다.

생전에 오우거였다고 해도 믿을 만큼 우락부락한 외형을 가진 데스 나이트.

─죽음의 기사단장 록페르 : Lv.465

녀석은 465라는 무지막지한 레벨까지 가지고 있었지만, 샤크란은 전혀 위축되지 않았다.

"샬리언이 먼저 내 앞에 무릎 꿇는다면 한번 생각해 보도록 하지."

"감히……!"

분노한 '록페르'가 거대한 언월도를 위협적으로 휘두른다.

그리고 그에 맞서 샤크란은 빠르게 쌍검을 뽑아 들었다.

스르릉─!

크기 차이만 놓고 보았을 때는 언월도에 상대조차 되지 않을 듯 왜소한 샤크란의 쌍검.

하지만 실상 맞부딪치자, 작아만 보이던 쌍검은 언월도에 조금도 밀리지 않는 강력한 힘을 뿜어내기 시작했다.

쾅- 콰쾅 쾅-!

록페르의 언월도와 샤크란의 쌍검이 연신 맞부딪치며 파란 불꽃을 토해 냈다.

레벨이 부족한 탓에 물리적인 전투스텟은 부족할 수밖에 없었지만, 샤크란은 결코 여유를 잃지 않았다.

부족한 스텟은 컨트롤로 충분히 극복해 낼 자신이 있었기 때문이었다.

"환영마보!"

짧은 시동어와 함께, 샤크란의 신형이 어지러이 흩어졌다.

이어서 셋으로 쪼개진 샤크란의 그림자가 또다시 갈라지며 새파란 빛줄기로 퍼져 나갔다.

거의 수십 가닥에 가까운 푸른빛의 광선이 마치 그물처럼 엮여 록페르를 덮치기 시작했다.

콰아아앙-!

커다란 폭발음과 함께, 순식간에 뭉텅이로 잘려 나가는 록페르의 생명력 게이지.

록페르가 침음성을 흘리며, 낮은 목소리로 중얼거렸다.

"어떻게 일개 인간이 환영검제의 힘을……?"

그런데 그 혼잣말에, 샤크란이 오히려 놀란 표정이 되어 되물었다.

"환영검제를 아는가?"

하지만 록페르는 샤크란의 물음에 대답하지 않은 채 버럭 화를 내며 다시 달려들었다.

"함부로 그분의 존함을 입에 올리지 말라!"

콰쾅- 쾅-!

샤크란은 더 이상 입을 열지 않았다.

전투는 점점 더 과격해져 갔다.

잠시 한눈을 팔았다가는 그대로 녀석의 언월도에 두 동강 날 것 같았기 때문이었다.

그렇게 5분 여 정도가 지났을까?

촤아악-!

샤크란의 쌍검이 록페르의 심장을 꿰뚫고 지나갔고, 록페르의 거구가 그대로 바닥에 무너져 내렸다.

쿠웅-!

이어서 샤크란의 눈앞에 새로운 시스템 메시지들이 울려 퍼졌다.

띠링-!

-죽음의 기사단장, '록페르'를 처치하는 데 성공하셨습니다.

-어둠의 군단, 네임드 몬스터를 처치하셨습니다.

-에피소드 공헌도가 357,000만큼 증가합니다.

-경험치를 70,928,490만큼 획득하셨습니다.

－명성을 10만 만큼 획득하셨습니다.

주르륵 떠오르는 메시지들을 보며, 샤크란의 한쪽 입꼬리가 씨익 말려 올라갔다.

"언데드 중에 환영검제를 아는 존재가 있단 말이지. 이거 생각지 못한 소득인데……?"

기분 좋은 표정이 된 샤크란이, 검을 다시 검집에 집어넣고 걸음을 옮기기 시작했다.

"에밀리, 지금까지 네임드 총 몇 놈이나 잡았지?"

"2티어 네임드 둘, 3티어 일곱 잡았습니다."

"흠, 생각보다 시간이 오래 걸렸군. 로터스 놈들이 도착하기 전까지 목표치를 달성하려면 두 배는 잡아야 할 텐데 말이야."

"그렇습니다, 마스터."

"시간이 제법 빠듯하겠어."

사실 지금까지의 수확만으로도 정예부대의 잠입은 충분히 대단한 수확을 올린 것이었다.

10분이 채 지나기도 전에 100만이 훌쩍 넘는 공헌도를 독식했으니 말이다.

하지만 샤크란은 만족할 수 없었다.

'그 괴물 같은 해골바가지가 방어타워 쓸어 담았을 걸 생각하면 아직도 한참 부족하니까.'

무식하게 거대한 이안의 해골기사를 떠올린 샤크란은 고

개를 절레절레 저었다.

공헌도 싸움에서 로터스에게 뒤쳐지지 않으려면, 일분일초가 아쉬운 상황이었다.

"마스터, 동북쪽에 2티어 네임드 하나, 3티어 네임드 다섯 기 발견입니다!"

멀찍이서 들려오는 길드원의 목소리에, 샤크란은 곧바로 그 방향을 향해 몸을 날렸다.

"세일론, 하쿰, 각각 양쪽을 맡아!"

"알겠습니다, 마스터."

"예, 마스터!"

"에밀리는 날 서포팅하고."

"옛!"

샤크란의 명령에 따라 순식간에 진형을 형성하며 뛰어가는 타이탄 길드의 정예 유저들.

게다가 그 뒤를 용기병들이 일사불란하게 따르자, 소름 돋을 정도로 멋진 장면이 연출되었다.

—오오, 역시 타이탄! 간지 쩔었다!

—크으, 대체 얼마나 훈련을 해야 저런 그림이 나오는 거지?

—캬, 이안도 이안이지만, 난 샤크란이 진짜 간지나더라.

—동감.

—샤크란도 그렇고 세일론도 그렇고, 확실히 랭커기는 한가 봐요.

-왜요?

-보면 전투 능력도 좋지만, NPC들 통솔하는 스킬도 장난 아닌 듯.

-인정인정!

네티즌들이 타이탄 정예부대의 움직임에 감탄하고 있던 그때였다.

순간적으로 스크린의 시점이 전환되며 캐스터들의 목소리가 흘러나오기 시작한 것이다.

-자, 이렇게 되면, 어둠군단의 시점에서 보지 않을 수 없겠죠?

-그렇습니다, 하인스 님.

-지금부터, 어둠의 대마법사 시크리드의 시점에서 전투를 보시겠습니다!

새하얀 빛이 뿜어져 나오는 거대한 날개와 날카로운 발톱.

스크린의 절반을 가득 채운 것은 바로, 거대한 '고스트 드래곤'의 뒷모습이었다.

그리고 그 위에는 새카만 로브를 뒤집어 쓴 어둠의 대마법사가 타이탄의 정예부대를 내려다보고 있었다.

"클클, 가소로운 놈들."

듣기만 해도 소름이 돋을 정도로 사이한 목소리를 가진 대마법사 시크리드.

그런데 그때, 어디선가 거대한 폭발음이 울려 퍼졌다.

콰아앙-!

마치 운석이 떨어져 내리기라도 한 듯, 내성 전체가 진동할 정도로 커다랗게 울려 퍼지는 폭발음이었다.

덕분에 장내에 있던 모든 이들의 시선이 소리가 난 곳을 향해 고정되었다.

쩍- 쩌저적-!

이어서 멀쩡하던 내성의 성벽이 갈라지며, 성벽을 이루고 있던 벽돌들이 우수수 쏟아져 내렸다.

대마법사 시크리드는 믿을 수 없다는 표정으로 그 광경을 지켜보았다.

"성벽이 무너지다니……. 설마 내성까지 공성병기라도 들어온 것인가?"

심지어는 어둠법사들을 공격하려던 타이탄 길드의 랭커들조차도, 자리에 멈춰선 채 무너지는 성벽을 응시하고 있었다.

예상치 못했던 상황이었기 때문에, 순간적으로 동작이 멈춰 버린 것이다.

"서, 설마……!"

에밀리는 저도 모르게 말을 더듬으며, 무너져 내리는 돌더미들을 응시했다.

뿌연 먼지 사이로 서서히 모습을 드러내는 거대한 그림자.

당연한 이야기겠지만, 그것은 '토르'의 그림자였다.

그어- 그어어-!

토르가 허공을 향해 포효하며 망치를 크게 한 바퀴 휘돌렸다.

쾅- 콰콰쾅-!

그러자 마치 도미노처럼 커다란 내성의 성벽이 우수수 무너져 내리기 시작했다.

에밀리는 떨리는 눈으로 토르를 바라보며 머리를 회전시켜 보았다.

'어째서 로터스가 벌써 도착한 거지?'

그녀는 토르의 공성 파괴력을 결코 과소평가하지 않았다.

분명 저 거대한 망치가 성벽에 입히는 피해를 두 눈으로 확인했으니 말이다.

하지만 에밀리가 예상하지 못한 부분이 있었다.

그것은 바로, 이안이 '공헌도'에 생각보다 큰 비중을 두고 있지 않다는 것이었다.

만약 이안이 악착같이 공헌도를 모으려고 했더라면, 외성에 있는 타워를 전부 철거하기 전까지는 내성에 들어서지 않았을 것이다.

하지만 이안에게는 공헌도 따위보다 빠른 시간 내에 퀘스트를 클리어하는 것이 훨씬 중요한 과제였고, 때문에 최대한 효율적으로 필요한 타워들만 철거하며 내성까지 이동해 온 것이었다.

그렇다면 로터스가 타이탄과의 공헌도 경쟁을 포기한 것이냐?

그것도 아니었다.

이안의 전략은 로터스의 공헌도를 포기함과 동시에 타이탄의 공헌도 독식을 막는 것이었다.

쉽게 먹을 수 있는 공성 공헌도를 최소한으로만 챙긴 뒤, 샤크란이 네임드 공헌도를 독식할 수 없게 내성으로 들어온 것이다.

그렇게 하면 다른 중소 길드와 일반 유저들에게 많은 부분 공헌도를 넘겨줘야 하겠지만, 그것은 상관없었다.

그래 봐야 중소 길드들은 로터스의 공헌도 수치를 따라올 방법이 없기 때문이다.

이안은 타이탄과의 공헌도 경쟁도 포기하지 않음과 동시에 퀘스트 클리어 속도도 챙기는 최상의 선택을 한 것이었다.

하지만 에밀리로서는, 그러한 사실을 알 턱이 없었다.

이안의 퀘스트에 시간 제한이 걸려 있다는 것을 알지 못하는 한 말이다.

에밀리가 아랫입술을 살짝 깨물며, 낮은 목소리로 중얼거렸다.

"본인들 공헌도를 포기하고 우리를 방해하겠다는 건가? 이러면 로터스로서도 제법 손해일 텐데…….."

그리고 장내가 잠시 정적에 휩싸인 사이, 토르의 어깨에 올라타 있던 이안이 허공으로 높게 도약하며 오더를 쏟아내었다.

"마법병단은 전부 고스트 드래곤을 타깃팅한다! 기병대 2, 3조는 마법병단을 지키고, 나머지는 나를 따르라!"

이안과 로터스의 정예군과 타이탄의 용기병들이 양쪽에서 덮쳐 오자 어둠의 군단은 속수무책으로 쓰러지기 시작했다.

"크아악! 샬리언 님께서 네놈들을 용서치 않을 것이다!"

"크으윽, 인간들 따위에게 당하다니……."

그리고 막상 전투가 시작되자 이안뿐만 아니라 샤크란도 최고의 플레이를 보여 주었다.

이안으로서는 퀘스트 진행을 조금이라도 빠르게 하기 위해서 열심히 전투하는 것 외에 다른 선택지가 없는 상황이었고, 선택지가 없다는 것은 샤크란 또한 마찬가지이기 때문이었다.

이안이 타이탄의 네임드 몬스터 독식을 막기 위해 나타난 것은 샤크란 또한 눈치챘지만, 그것을 알았다고 해서 다른 뾰족한 수가 없는 것이다.

이 상황에서 타이탄과 샤크란에게 남은 선택지는, 그저 전력을 다해 전투하여 로터스보다 많은 네임드 몬스터를 처치하는 것뿐.

그리고 이 상황이 바로, 이안이 생각하던 최고의 상황이었다.

'그래, 샤크란! 열심히 일하라고!'

이안은 속으로 음흉한 미소를 지으며, 소환수들을 컨트롤했다.

이제부터 퀘스트가 끝날 때까지, 적당한 템포 조절을 곁들여 샤크란과 타이탄 길드를 조련해 볼 생각이었다.

"카카, 꿈꾸는 몽마!"

"알겠다, 주인!"

쿠오오오—!

언데드들의 천적이라 할 수 있는 카카의 장판 고유 능력이 발동되자, 그렇지 않아도 어두웠던 내성이 더욱 시커먼 어둠 속에 잠겼다.

그러자 카카의 고유 능력을 처음 경험한 유저들이 우왕좌왕하기 시작했다.

"어, 이게 뭐지?"

"이안 님이 쓴 장판인 것 같은데, 시야가 다 가려지잖아?"

꿈꾸는 몽마 능력이 발동되면 장내에 '어둠'이 깔리게 되는데, 이 어둠은 기본적으로 조도를 30퍼센트 정도 떨어뜨린다.

한데 어둠의 성 안쪽은 이미 어두운 상태였고, 여기서 더 어두워지니 깜깜한 밤이나 다를 게 없어진 것이다.

마법사들은 서둘러 라이트 마법을 발동시켰고, 기사들은 흐트러진 진영을 정비하기 위해 후방으로 살짝 몸을 빼내었다.

그런데 그 와중에, 어둠 안으로 쏘아져 들어가는 몇몇의 그림자들이 있었다.

타탓- 탓-!

그들은 바로 어둠에 익숙한 몇몇 암살자 랭커들 그리고 이안과 샤크란이었다.

채챙- 챙-!

날아드는 스켈레톤 워리어들의 검날을 빠르게 맞받아치며, 이안의 날카로운 창날이 불을 뿜었다.

'카카의 장판 위에 있는 언데드들이야말로 최고의 먹잇감이지.'

사실 이안이 아무리 컨트롤에 뛰어나다고 하더라도, 처음부터 어둠에 익숙했던 것은 아니었다.

다만 카카의 장판 위에서 싸우는 빈도수가 셀 수 없이 많아지다 보니, 이제 어지간한 어둠 속에서는 적들의 움직임이 훤히 보이기 시작한 것이었다.

그리고 샤크란 또한 어둠에 익숙한 클래스를 가지고 있는 것인지, 거침없이 어둠을 향해 파고들고 있었다.

"어디 한번 해보자는 거지?"

이를 갈며 이안을 노려보는 샤크란.

그에 이안이 씨익 웃으며 짧게 대꾸했다.

"아재, 정면 승부 한번 해보자고요."

이안과 샤크란이 노리는 것은 단 하나. 고스트 드래곤의 등에 타고 있는 네임드 몬스터, 대마법사 시크리드였다.

　죽음의 기사단장 '록페르'보다도 훨씬 많은 공헌도를 줄 것이 분명한, 어둠의 대마법사 시크리드.

　만약 이안이 시크리드를 먼저 처치할 수 있다면, 타이탄의 입장에서는 죽 쒀서 개 주는 꼴이라 할 수 있었다.

　어쨌든 많은 네임드 몬스터들을 처치하며 시크리드를 찾아낸 것은, 타이탄의 용기병들과 샤크란이었으니 말이다.

　앞을 막는 언데드들을 베어 넘기던 이안의 시선이, 반대편의 샤크란을 향해 살짝 움직였다.

　'오호라, 용기병을 활용하시겠다?'

　고스트 드래곤을 타고 하늘높이 떠 있는 시크리드를 사냥하기 위해, 샤크란이 용기병에 올라탄 것을 목격한 것이다.

　이 시점에 이안의 뇌리에 가장 먼저 떠오른 것은 당연히 핀이었다.

　'나도 핀을 불러야 하나?'

　하지만 다음 순간, 이안은 무슨 생각이 떠오른 것인지 라이를 향해 시선을 돌리며 오더를 내렸다.

　"라이, 펜리르의 분노! 어둠 잠식!"

　"아우우-!"

　의도는 알 수 없었지만, 라이가 가진 자가 버프 스킬들을 전부 활성화시킨 것이다.

　ー소환수 '라이'의 고유 능력, '펜리르의 분노'가 발동합니다.

-소환수 '라이'가 분노 상태가 되었습니다.

-3분 동안 모든 전투 능력치가 50퍼센트만큼 상승하며, 치명타 확률이 20퍼센트만큼 증가합니다.

-소환수 '라이'의 고유 능력 '어둠 잠식'이 발동합니다.

-소환수 '라이'가 '어둠 잠식' 상태가 되었습니다.

-3분간 모든 공격이 치명타로 적중되며, 받는 모든 피해의 70퍼센트만큼을 무효화시킵니다.

-라이의 이동속도가 50퍼센트만큼 빨라집니다.

라이가 가진 최고의 고유 능력인 '펜리르의 분노'와 '어둠 잠식'은 서로 엄청난 시너지를 내는 자가 버프 스킬들이다.

'어둠 잠식'에 붙은 100퍼센트 치명타 옵션과 '펜리르의 분노'에 붙은 치명타 확률 증가 20퍼센트가 겹치기는 하지만, 그것을 감안해도 무조건 같이 발동시켜야만 하는 스킬이었다.

그 이유는, 메시지에 뜨지 않는 부가 옵션 때문이었다.

-소환수 '라이'의 공격이 '치명타'로 적중하였습니다.

-'펜리르의 분노' 고유 능력의 재사용 대기 시간이 5초 줄어들었습니다.

-'펜리르의 분노' 고유 능력의 재사용 대기 시간이 5초 줄어들었습니다.

라이의 공격이 치명타로 적중할 때마다, 계속해서 줄어드는 '펜리르의 분노' 재사용 대기 시간.

'펜리르의 분노' 고유 능력의 재사용 대기 시간은 10분 정도였고, 이를 초단위로 환산하면 600초였다.

라이의 공격이 120회만 적중하면, 펜리르의 분노를 또다시 쓸 수 있게 되는 것이다.

그리고 버프가 극대화된 라이의 공격 속도는 그야말로 어마어마했다.

촤– 촤라락–!

고작 2분도 채 지나기 전에 120회의 치명타를 전부 명중시킨 것이다.

매초 1회 이상의 공격을 적에게 명중시켰다고 보면 될 터였다.

이어서 이안이 라이에게 내린 오더는…….

"라이, 다시 펜리르의 분노!"

아우우–!

펜리르의 분노 스킬을 중첩시키는 것이었다.

–3분 동안 모든 전투 능력치가 50퍼센트만큼 상승하며, 치명타 확률이 20퍼센트만큼 증가합니다.

어차피 펜리르의 분노 지속 시간이 3분밖에 되지 않기 때문에, 중첩이 가능한 시간은 고작 1분 남짓이다.

하지만 모든 스텟 50퍼센트 뻥튀기가 두 번 중첩된 라이는, 그야말로 괴물이었다.

덧 연산이 아니라 곱 연산이기 때문에 기존 스텟의 2.25배에 달하는 괴랄한 전투 능력을 지니게 되는 것이다.

쉽게 말해 현재 394레벨인 라이가, 버프가 중첩되는 이 1분 동안 만큼은 880레벨에 육박하는 괴력을 보여 줄 수 있다는 말이었다.

물론 단순히 스텟이 높다고 해서 정말 800레벨대의 강력함을 보이는 것은 아니었지만, 지금 라이의 파괴력은 '괴물'이라 부르기에 충분한 상황이었다.

그러나 아무리 강하다고 한들, 공중 공격이 가능할 리 없다.

하지만 이안은 이미 머릿속으로 그림을 전부 그려 놓은 상태였다.

"토르, 라이를 던져!"

그륵- 그르륵-!

어느새 토르의 몸을 타고 뛰어올라 허공으로 도약하는 라이의 그림자.

그리고 토르는, 이안의 명령을 기다렸다는 듯 라이를 받친 손을 있는 힘껏 허공으로 던져 올렸다.

그어어어!

이안의 소환수 응용 컨트롤은 그야말로 즉흥적이기 그지없었다.

심지어 이것은 이안조차도 처음 시도해보는 방식의 전술이었다.

하지만 효과는 굉장했다.

어느새 라이의 신형은, 시크리드가 타고 있는 고스트 드래곤의 위쪽까지 솟구쳐 오르고 있었던 것이다.

당연한 얘기겠지만, 이것은 NPC인 시크리드로서는 상상조차 할 수 없었던 기괴한 플레이였다.

날아오르는 샤크란에게만 신경 쓰던 시크리드는, 제대로 뒤통수를 맞을 수밖에 없었다.

아우우우—!

"이 미친 늑대가?"

시크리드는 고스트 드래곤의 고삐를 당기며 빠르게 라이를 피해 보려 했지만, 그때는 이미 라이의 그림자가 그를 덮치고 있을 때였다.

콰콱— 촤아악—!

그리고 마법병단의 폭격으로 인해 이미 많은 생명력이 빠져 있던 시크리드는, 그대로 다운되고 말았다.

"크아악—!"

—소환수 '라이'가 어둠의 대마법사 '시크리드'에게 치명적인 피해를 입혔습니다!

—어둠의 대마법사 '시크리드'의 생명력이 8,557,094만큼 감소합니다.

—어둠의 대마법사 '시크리드'를 처치하는 데 성공하셨습니다.

—어둠의 군단, 네임드 몬스터를 처치하셨습니다.

—에피소드 공헌도가 695,000만큼 증가합니다.

—경험치를 97,225,100만큼 획득하셨습니다.

—명성을 15만 만큼 획득하셨습니다.

뒤늦게 용기병을 타고 올라온 샤크란은 '닭 쫓던 개 지붕 쳐다보는 꼴'이 되고 말았다.

"……?"

그리고 그런 샤크란을 향해, 이안이 조련을 시작하였다.

"아재, 분발 좀 하셔야겠는데요?"

완벽한 설계를 위한, 이안의 계획된 도발이었다.

그러자 샤크란의 이마에 힘줄이 튀어나왔음은 말할 것도 없었다.

인간계 유저들의 대대적인 어둠의 군단 원정대.

당연한 이야기겠지만, 모든 게임 방송사에서는 이번 북부 원정을 대대적으로 방송하기 시작했으며, 덕분에 시청자들은 행복에 찬 비명을 지르고 있었다.

같은 콘텐츠를 여러 채널에서 방송하는 것이 무슨 의미가 있느냐고 할 수도 있겠으나, 그것은 사실 콘텐츠 나름이라고 할 수 있다.

규모가 규모인 만큼 볼거리가 무궁무진한 이번 북부 원정 방송의 경우에는, 하나의 채널만으로는 20퍼센트의 콘텐츠도 채 담아 내지 못하는 것이다.

때문에 여러 방송사에서 각자의 콘셉트에 맞춰 다각도로

원정 영상을 송출하는 지금의 상황이, 시청자들의 입장에서
는 즐거울 수밖에 없다.

원정의 전체적인 진행 상황이 보고 싶을 때, 랭커들의 화
려한 컨트롤이 보고 싶을 때, 원정대에서 일어나는 소소한
에피소드가 보고 싶을 때, 퀘스트에 엮여 있는 스토리 위주
로 감상하고 싶을 때 등 각자의 취향에 맞춰, 원하는 채널을
돌려 보며 시청할 수 있으니 말이다.

방송사들은 시청자들을 끌어들이기 위해 저마다 특별한
콘셉트를 잡아 방송을 진행하였고, 영세한 방송사일수록 더
욱 기발한 콘셉트를 많이 가지고 있었다.

아무래도 대형 방송사와 차별점이 있어야, 시청자들이 유
입될 여지가 있기 때문이었다.

그리고 이번 원정대 방송에서, 신박한 콘셉트를 가지고 제
대로 성공한 채널이 한 군데 있었다.

-이건 미쳤어! 샤크란과 이안의 정면대결이라니……!
-저도 동감. tvM인지 뭔지, 처음 보는 채널이 생겼기에 한번 틀어 봤
는데, 생각지도 못했던 꿀잼 때문에 벌써 다섯 시간 째 TV 앞에 앉아 있
는 중.
-ㅋㅋ 난 앞으로 여기 자주 애용할 듯. 이거 기획한 PD 누군지 몰라
도 아주 칭찬해.
-크으, 진짜 대박이다. 난 언제쯤 저런 플레이할 수 있을까?

—지금까지 스코어 몇 대 몇이죠?

—음…… 스코어라고 표현하긴 좀 뭣하지만, 이안이 약간 우세한 거 같네요. 굳이 숫자로 따지자면 7 : 6 정도?

—위 님, ㄴㄴ. 제가 지금까지 다 세면서 봤는데, 정확히 8 : 6이에요. 방금 군단장 이안이 처치하면서 조금 더 앞서가는 중.

—ㅋㅋ진짜 우열을 가리기 힘드네요. 솔직히 방금도 한끝 차이 아니었음?

—우열은 이미 가려졌고, 차이는 점점 더 벌어질 겁니다. 왜냐면……. 이안은 갓이니까요.

게임 방송 tvM의 이번 방송 콘셉트는 다름 아닌 '이안'과 '샤크란'의 경쟁 구도였다.

전쟁의 규모가 워낙 크다 보니 수많은 콘텐츠가 쏟아져 나왔지만, 그중에서도 선택과 집중을 한 것이었다.

사실 tvM에서 처음부터 두 사람에 포커싱을 둔 것은 아니었다.

tvM의 기존 콘셉트는 '랭커 따라잡기'였다.

랭커들의 플레이를 세심하게 분석하면서, 그들의 플레이에 대한 세세한 해설을 메인 콘텐츠로 잡았던 것이다.

그리하여 tvM이 처음 선택한 랭커는 바로 이안이었다.

사실상 한국 서버 랭킹 1위라고 할 수 있는 이안이니, 그가 첫 번째 순서에 있는 것은 어쩌면 당연한 것일지도 몰랐다.

가장 많은 팬을 보유하고 있기 때문에, 초반 시청자 유치에도 큰 도움이 되고 말이다.

그러나 이안 위주로 진행되던 방송의 노선이 틀어지는 데에는, 그리 오랜 시간이 걸리지 않았다.

이안과 샤크란이 경쟁적으로 네임드 몬스터를 잡는 모습을 포착한 기획 PD가, 재빠르게 머리를 굴려 콘셉트를 바꿔 버린 것이다.

심지어 방송의 타이틀까지, '분석으로 랭커 따라잡기'에서 '이안 VS 샤크란'으로 변경해 버렸다.

이것은 카일란 한국 서버의 유저라면 누구나 혹할 수밖에 없는, 그야말로 자극적인 제목이었다.

사실상 인간계의 랭킹 1, 2위나 다름없는 유저들의 이름을 가져다 놓고 대결 구도를 만들었으니, 한 번쯤 틀어 보지 않고는 배길 수가 없는 것이다.

그리고 이런 흥행에 부흥이라도 하듯, 이안과 샤크란을 필두로 한 인간계의 원정군은 순식간에 어둠의 성을 정복해 나갔다.

하루, 이틀이 지나고 일주일 정도가 지났을 때.

인간계의 원정군은 드디어 '어둠의 강'을 건널 수 있었다.

칠흑의 철옹성이라는 별명으로 불리기도 하는 리치 킹의 거대한 성.

'팔카치오'성에 도착한 것이다.

"여기가 팔카치오성인가?"

절벽 위로 드높이 솟아 있는 거대한 성벽을 올려다보며, 이안은 작은 목소리로 중얼거렸다.

이안은 이 팔카치오성에 처음 와 봤지만, 다른 랭커들 중에는 이곳에 와 본 경험이 있는 이들도 있었다.

정확히 말하자면 팔카치오성이 아닌, 그 인근의 필드인 어둠의 강.

이곳이 바로 현존하는 사냥터들 중 최고의 경험치를 주는 곳이기 때문이었다.

이안의 경우에는 끊임없이 퀘스트를 진행하느라 따로 사냥터를 찾아다니지 않았지만, 사냥 노가다 위주로 레벨 업을 하는 랭커들의 경우 경험치를 조금이라도 많이 주는 필드를 찾기 위해 혈안이 되어 있었다.

그렇기에 랭커들 중에는 리치 킹의 눈을 피해 사냥해야 하는 위험을 무릅쓰고라도 이 '어둠의 강' 필드 사냥을 고집하는 경우가 제법 있었던 것이다.

그리고 샤크란은 그런 랭커들 중 한 명이었다.

"쳇, 이제 길이 뚫렸으니 이곳에도 사람들이 바글바글해지겠군."

샤크란의 중얼거림에, 이안이 피식 웃으며 대답했다.

"그동안 이미 꿀은 다 빨았을 텐데, 뭐 그리 아쉬워합니까?"

"딱히 아쉬운 건 아니다, 꼬맹아. 어차피 에피소드를 클리어하고 나면, 여기보다 더 좋은 사냥터가 생겨날 테니까."

원정대가 모든 어둠의 성을 격파하였으니 '어둠의 강'에 도달하는 것이 이전보다 훨씬 쉬워졌고, 그렇다면 이전보다 훨씬 많은 유저들이 이 사냥터를 찾게 될 것이다.

두 사람은 그에 대해 말하고 있는 것이었다.

"하긴, 그렇겠지요. 항상 새 콘텐츠 초기에 가장 먹을 게 많은 법이니까요."

"그렇지. 그게 내가 네 녀석의 장단에 놀아나 준 이유이기도 하고 말이야."

"후후."

두 사람의 대화는 여기까지였다.

이제 곧 전투가 다시 시작되기 때문이었다.

거의 일주일에 가까운 시간 동안 이어진 어둠의 군대와의 전쟁은 결코 쉽지만은 않았다.

돌파한 시간을 보면 무척이나 빠르다고 할 수 있었지만, 원정대의 전략 자체가 무척이나 공격적이었기에 제법 많은 병력들이 죽어 나갔던 것이다.

심지어 원정대에 속한 유저들 중에는 전쟁 기간 동안 사망 페널티를 두 번 이상 받은 이들도 적지 않았다.

하지만 그만한 페널티를 받으면서도 유저들이 원정대를

떠나지 않는 것은 어마어마한 공헌도 보상 때문이었다.

타이탄과 로터스를 비롯한 상위권 길드들에서 많은 부분 공헌도를 포기했기 때문에, 일반 유저들에게 돌아가는 몫이 엄청나게 커진 것이다.

덕분에 원정대에 참여한 일반 유저들의 의욕이 더욱 상승되었고, 그것은 전력 상승으로 이어졌다.

샤크란을 견제하기 위한 이안의 한 수가 이런 식으로도 긍정적인 영향을 끼친 것이다.

둥- 둥- 둥-!

전쟁의 시작을 알리는 전고戰鼓의 커다란 울림이 드넓은 평원 위로 퍼져 나갔다.

그리고 그와 동시에 각 진영 리더들의 우렁찬 오더 소리가 울려 퍼졌다.

"전군, 진격!"

"우린 절벽을 돌아 북동쪽으로 들어간다!"

"우리는 절벽 아래쪽의 지하 통로를 뚫는다!"

수천이 넘는 병력이 순식간에 흩어져서 팔카치오성을 향해 내달리기 시작했다.

그리고 하늘 높은 곳에서 본 그 광경은 그야말로 장관이었다.

얼핏 보기에는 제각각 멋대로 움직이는 것처럼 보였지만, 진형의 움직임에 짜임새가 있었기 때문이었다.

YTBC의 해설을 담당하는 루시아와 하인스는, 전장이 한눈에 내려다보이는 봉우리에서 방송을 해설하고 있었다.

　"아, 하인스 님, 원정군이 총 다섯 갈래로 쪼개져서 각기 다른 루트로 공략을 시도하는데요?"

　"그렇습니다. 각 병력들의 움직임을 보니, 사전에 계획된 전략 같군요!"

　"하인스 님, 원정군의 전략에 대해 혹시 설명을 좀 해 주실 수 있을까요?"

　"원정군의 전략요?"

　"네. 저는 지금까지처럼 모든 부대가 한곳을 집중적으로 공격해서 돌파할 줄 알았거든요. 저렇게 병력이 분산되면, 오히려 공성이 힘들어지는 것 아닐까요?"

　두 사람은 여유롭게 해설을 진행하는 듯 보였지만 사실 무척이나 긴장한 상태였다.

　수많은 유저들이 지켜보는 라이브 방송이다 보니, 해설에서 실수가 있으면 안 되기 때문이었다.

　특히 두 사람 중에서도 직접적인 해설을 담당하는 하인스가 더 중요한 역할이라 할 수 있었다.

　하인스는 조심스럽게, 자신이 예상하는 원정군의 전략에 대해 설명하기 시작했다.

　"하하, 장담할 수는 없지만, 제가 생각하는 전략을 한번 말씀드려 보겠습니다."

"오오, 역시 하인스 님!"

"크흠. 하지만 저 역시 예측일 뿐이니 틀리다고 너무 나무라시면 안 됩니다?"

"호호, 물론이죠. 원정군의 수뇌부가 아니고서야 전략을 어떻게 완벽히 예측하겠어요?"

"그럼 한번 브리핑해 보도록 하죠."

하인스가 말을 마치자, 두 사람의 앞쪽에 방송국에서 미리 준비해 둔 영상이 떠올랐다.

그것은 팔카치오성의 구조를 위에서 내려다 본 '평면도' 였다.

"팔카치오성의 진입로는, 사실상 총 세 곳이라 할 수 있습니다."

하인스는 말을 이어감과 동시에, 허공에 떠올라 있는 팔카치오성의 평면도를 손가락으로 가리켰다.

그러자 성의 북쪽과 동, 서쪽에 각각 하나씩 있는 성문이 빨갛게 표시되었다.

"하지만 팔카치오성에는 이 세 곳 외에도 숨겨진 진입로가 두 군데 더 있습니다."

하인스가 말을 마치자, 팔카치오성의 남쪽 언저리에 두 개의 붉은 빛이 일렁이기 시작했다.

이어서 하인스의 설명을 가만히 듣고 있던 루시아가, 진행을 돕기 위해 입을 열었다.

"오, 남쪽에 숨겨진 진입로가 있었던 건가요?"

"그렇습니다."

"하지만 팔카치오성의 남쪽은 엄청나게 높은 낭떠러지인 걸요? 설마 저 절벽을 타고 올라가기라도 하는 건가요?"

그녀의 물음에, 하인스가 웃으며 고개를 저었다.

"하하, 당연히 그것은 아닙니다. 저 절벽을 타고 올라가다간, 성벽에 닿아 보지도 못하고 전부 다 전멸을 당할 테니까요."

"그렇다면……?"

"절벽 아래쪽에 팔카치오성과 이어져 있는 지하 뇌옥이 존재합니다. 지난달에 리치 킹 관련 퀘스트를 진행 중이던 몇몇 랭커분들이 발견하신 던전이죠."

"그런 곳이 있었나요?"

"예. 지금까지 극비로 숨겨져 있던 내용입니다만, 이 하인스가 원정대 관계자분들께 부탁해서 힘들게 얻은 정보입니다, 하핫."

"오오, 정말요? 그런데 이런 비밀 정보를 이렇게 공개적으로 풀어도 되는 건가요?"

"하하, 괜찮습니다. 원정대 수뇌부에는 이미 허락을 받았거든요. 어차피 적들이 NPC이기도 하고, 이미 전투는 시작되었으니 크게 상관은 없지요."

"아아……!"

"제 생각엔 아마, 나머지 세 개의 부대가 수성군의 시선을 끄는 동안 지하 뇌옥을 통해 내성으로 침투를 시도할 것 같습니다."

루시아가 커다란 두 눈을 반짝이며 고개를 끄덕였다.

"과연, 그렇군요! 심지어 지하 뇌옥 던전이 클리어된 상태라면, 정말 수월하게 내성으로 진입할 수도 있겠어요!"

"그렇습니다. 그래서 저는, 아마 가장 강력한 전력인 로터스와 타이탄이 지하 통로로 진입할 것이라고 생각합니다."

하인스가 허공에 띄운 스크린에는 시청자들의 설명을 돕기 위한 화살표들이 하나둘 그어졌고, 정말 원정군은 그 경로대로 빠르게 움직이고 있었다.

과연 에피소드 최종 보스 공략의 시작답게, 처음부터 흥미진진하게 진행되는 전개였다.

수많은 시청자들이 눈을 떼지 못한 채 방송을 지켜보았고, 그들 중에는 이 에피소드의 수석 기획자인 '나지찬' 또한 포함되어 있었다.

지난 며칠 동안 급한 불을 끄고 돌아와, 다시 방송을 시청하기 시작한 것이다.

아그작─!

여느 때처럼 감자칩을 맛깔나게 베어 문 나지찬은, 집에 도둑이 들어도 모를 만큼 화면에 집중하고 있었다.

그런데 그의 시청 포인트는 뭔가 여느 시청자들과는 많이 다른 듯 보였다.

'후후, 역시 지하 통로로 공략을 시도하는군.'

화면을 응시하는 나지찬의 한쪽 입꼬리가 슬쩍 말려 올라갔다.

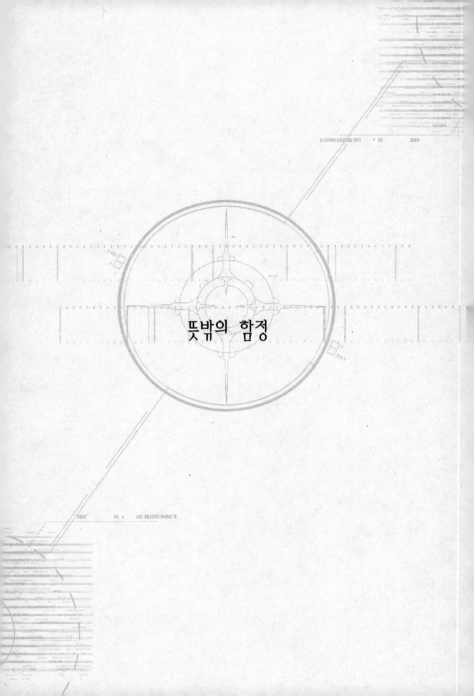

뜻밖의 함정

Taming
Master

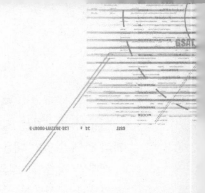

　팔카치오성의 입지는 사실상 '천혜의 요새'라고 해도 좋을
만큼 완벽한 위치였다.

　외부에서 진입하기 가장 좋은 남쪽은 깎아지르듯 한 절벽
이었으며, 나머지 세 방향의 진입로 또한 험준한 봉우리를
넘어야 도달할 수 있게 되어 있었다.

　때문에 이안 또한 처음 이 팔카치오 영지의 지형을 확인했
을 때 무척이나 난감한 표정이 되었다.

　이 철옹성을 어떻게 뚫어야 할지, 감이 잘 잡히지 않았던
것이다.

　절벽을 타는 건 아예 불가능한 소리고, 그렇다고 한 바퀴
돌아서 다른 루트를 통해 공격하자니 가는 동안 너무 많은

병력이 손실될 것이 뻔히 보인 것이다.

돌아서 올라가는 길목이 전체적으로 적 방어타워의 사정 거리 안에 있었기 때문이다.

게다가 팔카치오성의 방어 타워는 가장 높은 티어의 고급 타워들로 구성되어 있었기 때문에, 화력 또한 대단할 것이 분명했다.

확실히 에피소드의 최종 보스가 있는 요새답게 하드코어한 공성 난이도를 자랑하는 팔카치오성.

그런데 고민 중이던 이안과 원정군의 수뇌부에게, 눈이 확 뜨일 정도로 좋은 정보가 입수되었다.

바로 보름 전 쯤, 이 팔카치오성의 '지하 뇌옥' 던전을 공략했던 랭커들이 존재했다는 것이다.

심지어 그들 중 대부분이 이 원정대에 소속되어 있었고, 덕분에 성 내부로 잠입할 수 있는 생각지도 못했던 루트를 알게 된 것이다.

그것은 바로, 지하 뇌옥을 통해 성의 내부로 잠입할 수 있는 비밀 통로.

그 통로를 잘만 이용한다면 내성까지 최소한의 피해로 입성할 수 있을 게 분명했다.

때문에 그 정보가 입수된 순간, 마지막 공성전에 대한 전략 수립은 일사천리로 진행되었다.

"이건 진짜 신의 한수네요."

"그러게요. 마침 지하 던전을 공략하셨던 분들이 원정대에 있었다니……. 정말 다행이에요."

"이 루트 없었으면 진짜 어쩔 뻔했어요?"

"휴우, 생각만 해도 끔찍하네요. 아마 지난번 에피소드 초창기 때처럼, 병력만 계속해서 소모하며 외성에서 비비다가 실패했겠죠."

"저도 동감입니다. 아마 외성을 어찌어찌 해서 뚫었다고 하더라도, 남은 병력이 없어서 내성까지는 엄두도 못 냈을 거예요."

"……."

지금까지의 공성에서, 거의 절반 이상의 작전이 이안의 머릿속에서 나온 것이었다.

물론 에밀리와 같은 타 길드의 책사가 더 나은 전략을 낸 경우도 있기는 했다.

그래도 대부분이 이안의 아이디어에 의견조율을 하면서 완성된 전략이었던 것이다.

하지만 이번에는 달랐다.

누가 봐도 너무 좋은 전략이 곧바로 수립되어 버렸기 때문에, 수뇌부가 모이자마자 순식간에 공성 루트가 결정된 것이다.

이안이 어떤 반론을 제기할 새도 없이 말이다.

사실 그때로 돌아간들, 반론을 제기할 생각도 없었지만 말이다.

'깔 곳이 한 군데도 없는 가장 효율적인 공성 전략이었으니, 뭐……'

하지만 전략회의가 끝나고 난 후부터 이안은 지속적으로 꺼림칙한 기분이 들었다.

그것은 어쩌면 '감' 같은 것이라고 할 수 있었다.

사실 그렇기 때문에 이안이 그에 대해 다른 수뇌부 유저들에게 말을 꺼내지 않은 것이기도 했다.

확실한 근거가 없는 상태에서 정해진 전략에 태클을 거는 것은, 이안의 성격과 맞지 않았으니 말이다.

'그렇다고 너무 일이 잘 풀려서 불안하다고 말할 수는 없는 거잖아?'

이안이 불안한 이유는 간단했다.

지금까지 너무나도 '기다렸다는 듯' 상황에 딱 맞는 해결책이 나와 버린 것이, 마치 누군가의 의도처럼 느껴졌던 것이다.

더해서 딱 봐도 최고의 난이도로 만들어 놓은 에피소드 최후의 요새를 이렇게 손쉽게 파훼할 수 있도록 기획했을 리 없다는 생각도 그 불안감을 증폭시켰다.

하지만 정확한 근거 없는 불안감 때문에 최상의 전략을 뒤집는다는 것도 아이러니한 것이었다.

"크흐음……."

로터스의 정예부대를 통솔하여 지하 뇌옥으로 잠입하던 이안은 입술을 살짝 깨물었다.

시커먼 지하 뇌옥의 입구가 가까워질수록 머리가 더욱 복잡해진 탓이었다.

이안의 바로 뒤를 따르던 피올란이 의아한 표정으로 그에게 물었다.

"이안 님, 왜 그러세요? 무슨 문제라도……."

피올란의 말에 이안은 멋쩍은 표정을 지어 보이며 뒷머리를 긁적였다.

"아, 아닙니다. 딱히 문제는 없……."

그런데 뇌옥의 입구로 진입하려던 그 순간, 이안이 뭔가 떠오른 것인지 우뚝 자리에 멈춰 섰다.

"……?"

그에 이안의 뒤를 따르던 로터스의 병력들 또한 일제히 걸음을 멈추었다.

그리고 그런 그들의 곁을 샤크란과 타이탄의 정예부대가 스쳐 지나갔다.

"형, 갑자기 왜 그래……?"

훈이가 두 눈을 꿈뻑이며 이안에게 물었다.

하지만 이안은 그에 대한 대답 대신 시선을 뒤쪽으로 돌렸다.

그리고 이어서 부대의 후방에 있던 가신 '세리아'를 향해 손짓했다.

"세리아, 잠깐 이쪽으로 와 볼래?"

생각지도 못했던 이안의 부름에 깜짝 놀란 세리아는 후다
닥 앞으로 뛰어와 예를 취해 보였다.

"예, 폐하."

"후후, 제가 뭐라 했습니까. 일주일이라는 시간, 결코 짧
지 않다 말씀드리지 않았습니까."

불긋한 두 개의 유등만이 유일하게 장내를 밝히고 있는,
으스스한 분위기의 방 안.

총 예닐곱 정도 되어 보이는 유저들이 모여앉아 무언가를
들여다보고 있었다.

그리고 그들 중, 붉은 망토를 두른 한 사내가 묵직한 목소
리로 입을 열었다.

"과연 이안인가……. 흐음, 뭐, 인정할 부분은 인정해야
하겠지."

이어서 옆에 있던 궁사 유저 하나가 눈살을 찌푸리며 말을
받았다.

"이안, 그놈이 운 하나는 정말 억수로 좋단 말이지. 사실
이렇게 빨리 팔카치오에 도달할 수 있었던 건 녀석이 운 좋

게 얻은 괴상한 공성 소환수 때문이 아닌가?"

바로 옆에 있던 다른 유저 또한 고개를 끄덕이며 그 말에 동의를 표했다.

"나도 동의하는 바이네. 녀석의 실력을 무시하는 것은 아니지만, 기막히게 좋은 '운' 때문에 일부 과장된 부분도 있다고 생각해."

그러나 처음 입을 열었던 검은 복면의 사내는, 고개를 절레절레 저으며 혀를 끌끌 찼다.

"인간계와 단절된 지 제법 시간이 지나기는 했다지만 두 분, 감을 너무 잃으신 것 아닙니까?"

그에 궁사 유저가 발끈하며 대꾸했다.

"뭐라? 감을 잃다니. 내가 감을 잃었다면 우리 호왕 길드를 마계 순위권으로 올려 놓을 수 있었겠나."

"뭐, 그 부분이야 인정합니다만, 보는 눈 자체는 그것과 별개 아닙니까?"

"크흠……."

"이안은 분명히 뛰어납니다. 여기 있는 누구와 견주어도 부족하지 않을 정도로 말이지요."

남자의 말이 끝나자, 장내에 있던 인물들의 면면에 불쾌함이 맴돌았다.

그렇다고 해서 그 말에 대해 반박하는 사람이 있는 것은 아니었다.

그의 말이 다시 이어졌다.

"무튼, 이제 슬슬 때가 오고 있는 것 같군요."

이번에는 붉은 망토의 사내가 자리에서 천천히 일어나며 입을 열었다.

"이번에야말로, 빚을 갚아 줄 때로군."

그의 말에, 남자는 씨익 웃으며 천천히 고개를 끄덕여 보였다.

"그렇습니다, '이라한' 님. 이라한 님은 우리들 중에 이안에게 가장 많은 빚을 가지고 계시지 않습니까?"

으드득—!

붉은 망토의 남자, 이라한의 입에서 뿌드득 하는 소리가 새어 나왔다.

그것은 그야말로 그의 '한'이 고스란히 담겨 있는 소리라고 할 수 있었다.

"그렇지. 그 '빚'이라는 거, 어떻게 갚아 줘야 할지 감이 안 잡힐 정도로 많이 갖고 있지, 내가."

펄럭—!

이라한이 걸음을 옮기자, 그의 등에 메어 있는 붉은 망토가 크게 펄럭였다.

이어서 장내에 있던 인물들이 차례로 그의 뒤를 따라 일어났다.

그리고 그들은 어디론가 빠르게 걸음을 옮기기 시작했다.

─아, 역시 이안과 샤크란입니다! 던전 진입한 지 고작 2시간 만에 벌써 절반 이상을 돌파해 버렸어요!

─하인스 님, 방금 원정대가 지난 구간이 던전의 절반 지점이었던 건가요?

─그렇습니다! 방금 이안과 샤크란이 합공으로 처치한 거대한 리치 나이트가 바로, 이 던전의 중간 보스였거든요.

─아하, 그렇군요!

─여러분, 놀라지 마십시오. 지금 이 구간이, 제가 듣기로는 처음 공략을 시도했던 팀이 하루가 꼬박 걸려서야 겨우 도달했던 곳이라고 들었습니다.

─에엑, 그렇게나요?

─하하, 정말 대단하죠? 물론 이 던전을 처음 공략했던 파티는 고작 열다섯 명에 불과했고, 지금 원정대는 유저만 백 명이 넘어가긴 합니다만, 그것을 감안하더라도 2시간 만에 중간보스를 뚫을 줄은 상상조차 못했습니다.

─와아, 과연 인간계 랭킹 1, 2위 길드의 정예다운 위용이군요!

─그렇습니다! 이제 네임드 셋 정도만 더 격파하면, 보스 존으로 가는 길 대신 내성으로 통하는 비밀 통로가 나올 겁니다!

─오오, 그 정보도 원정대로부터 얻으신 정보인 건가요?

─예, 심지어 타이탄 길드의 참모로 잘 알려져 있는 랭커인 에밀리 님

과 로터스의 초창기 멤버인 카윈 님으로부터 얻은 정보입니다.

　─그렇다면 틀림이 없겠군요!

　─그렇습니다. 그리고 이렇게까지 많은 정보를 방송에 오픈해 줬다는 건, 클리어에 대한 자신감이 대단하다는 이야기겠죠?

　─과연 로터스, 타이탄! 시청하는 우리 입장에서는 그저 감사할 따름이네요.

　어두운 거실을 환하게 비추는 커다란 스크린.

　TV에서는 쉴 새 없이 두 캐스터의 목소리가 흘러나왔고, 그 목소리만이 적막 속에 카랑카랑 울려 퍼졌다.

　"후후, 클리어에 대한 자신감이라……."

　소파에 앉은 채 흥미진진한 표정으로 방송을 시청하던 나지찬은 하인스의 해설을 들으며 실소를 흘렸다.

　이 모든 콘텐츠의 핵심 기획자인 그가 보기에, 지금 로터스와 타이탄은 '돌아올 수 없는 강'을 건너고 있었기 때문이었다.

　"에밀리와 카윈은 YTBC에서 광고라도 하나 잡아 준 건가? 하인스한테 제법 세부적인 정보까지 많이 넘겼네."

　나지찬은 한쪽 손으로 턱을 괸 채, 소파 깊숙이 몸을 뉘였다.

　오랜 야근으로 쌓인 피로 때문에 감기는 눈꺼풀을 들어 올리는 것이 무척이나 힘들었지만, 이대로 잠들면 너무 억울할 것 같았다.

이제 곧, 무척이나 '재밌는' 장면이 이어질 것이기 때문이었다.

'멍청하게 YTBC에 공개적으로 정보를 뿌리다니⋯⋯. 하긴. 에피소드가 마계와 연결되어 있다는 사실을 모르니 멍청하다고 할 건 아닌가?'

머릿속으로 이런 저런 상상을 하며 나지찬은 즐겁게 방송을 시청했다.

던전의 구성 요소 하나하나가 그의 머릿속에서 나온 것이었으니, 랭커들이 던전을 공략하는 장면 하나하나가 그에게는 무척 재밌을 수밖에 없었다.

때문에 방송을 시청하는 나지찬의 입에서는 연신 탄성이 흘러나왔다.

"이야, 사각지대에서 튀어나온 부비트랩을 어떻게 알고 대처한 거지? 진짜 역시 샤크란⋯⋯. 반응속도 하나는 진짜 어마어마하단 말이지. 대체 30대 아재가 어떻게 저럴 수 있는 거야?"

"크으, 이안 저놈은 피닉스 얻은 지 얼마나 됐다고 고유 능력을 저렇게 응용하는 거지? 게임 이해도 하나는 진짜 어마어마하네."

이안의 플레이를 보며 입이 근질거리기 시작한 나지찬은, 방 안으로 후다닥 뛰어 들어가 노트북을 거실로 가지고 나왔다.

원래는 피곤해서 컴퓨터를 켤 생각이 없었지만, 하인스의 부족한 해설을 듣고 있자니 너무도 답답했던 것이다.

그것은 무지한 유저들에게 이안갓의 플레이를 해설해 줘야겠다는 '사명감' 같은 것에서 비롯된 답답함이었다.

노트북을 켠 나지찬은 네임드 닉네임인 '이안남편'으로 재빨리 로그인하여 온라인 방송에 접속하였다.

'이안, 이번에도 내 예상을 넘어 줬으면 좋겠는데 말이지.'

키보드를 두들기는 그의 손이 점점 빨라졌다.

이제 잠시 후면 '빅 이벤트'가 시작될 것이기 때문이었다.

팔카치오성의 지하 뇌옥은 사실, '함정' 같은 것으로 기획된 콘텐츠가 아니었다.

다만 에피소드의 흐름이 기획했던 대로 흘러가지 않았기 때문에, 전혀 생각지도 못한 역할을 하게 된 것뿐이었다.

'인간계 유저들이 이렇게 빨리 리치 킹을 트라이하게 될 줄은…… 생각도 못했었으니까.'

원래 지하 뇌옥은, 마계와 어둠의 군단 사이의 '연결고리' 역할을 하는 곳이었다.

기존의 시나리오대로 에피소드가 진행되었더라면, 인간계의 유저들에 의해 어둠의 군단이 무너지기 시작할 즈음 리치 킹 샬리언이 마계에 도움을 요청하게 된다.

그리고 마계의 유저들이 인간계로 진입할 수 있는 루트가 바로 이 팔카치오성의 지하 뇌옥이었던 것이다.

정확히 말하자면 뇌옥의 지하 3층에 열려 있는 카오스 게이트Chaos Gate가 두 개의 차원을 연결해 주는 통로라고 할 수 있다.

방송을 보던 나지찬이 씨익 웃으며 중얼거렸다.

"이제 한 10분 정도만 있으면 지하 3층에 진입하겠군."

그렇다면 이 카오스 게이트는 무한정 이용이 가능한 것일까?

당연히 그것은 아니었다.

그랬더라면 대부분의 마계 유저들이 넘어와 버려서 에피소드의 밸런스가 붕괴될 테니 말이다.

어둠의 군단만 해도 이미 충분히 강력한 마당에 마계의 유저들까지 무한 유입된다면, 에피소드 클리어가 가능할 리 없다.

때문에 이 카오스 게이트를 이용할 수 있는 대상은 마계의 유저들 중에서도 무척이나 제한적이었다.

난이도가 무척이나 높은 '리치 킹의 퀘스트'를 클리어해야만, 이 게이트를 이용할 수 있게 되니 말이다.

게다가 카오스 게이트를 이용할 수 있는 횟수 또한 단 한 번뿐이었다.

조건을 충족시킨 마계의 랭커들이 전부 모이고 나면 카오스 게이트가 발동되고, 그들이 전부 넘어오고 나면 이 지하 뇌옥은 폭파되어 사라질 예정이었던 것이다.

쉽게 말해 리치 킹 샬리언이, 마계의 랭커들을 '용병'으로 쓰는 개념의 콘텐츠였던 것.

한데 마계의 유저들이 리치 킹의 퀘스트를 클리어하는 속도에 비해서, 어둠의 군단이 너무 빠른 속도로 무너져 버렸다.

리치 킹이 부른 마계의 용병들이 인간계로 넘어오기도 전에 원정대가 팔카치오성에 도달해 버렸고, 이 지하 뇌옥의 존재까지 알게 되었다.

원래대로라면 공성전이 벌어지는 시점에 지하 뇌옥은 존재하지도 않는 던전이었어야 했는데, 시기가 엇갈리는 바람에 '함정'이 되어 버린 것이다.

"재밌어. 역시 기획한 대로 진행되는 것보다 이런 변칙적인 전개가 흥미진진하지."

어느새 이안이라는 거대한 변수 덕분에 했던 고생들을 까맣게 잊어버린 것인지, 나지찬은 실실 웃으며 TV를 시청하고 있었다.

"쯧쯧, 에피소드 최종 콘텐츠인 팔카치오성을 쉽게 클리어할 수 있도록 편법을 만들어 놨을 리가 없잖아?"

지하 뇌옥은 외부에서 쉽게 내성으로 들어올 수 있는 '지름길'이나 다름없는 곳이었다.

때문에 샬리언이 언제든 폭파시켜 없애 버릴 수 있도록 만들어 둔 곳이기도 했다.

그 말인 즉 로터스와 타이탄의 정예군들은, 언제든 폭파되어 무너질 수 있는 '함정'에 들어간 것이라는 이야기였다.

띠링-!

-'팔카치오 지하 뇌옥' 던전의 최종 보스, '본 드래곤'을 처치하셨습니다!

-모든 파티원의 명성이 5만 만큼 증가합니다!

-'팔카치오 지하 뇌옥' 던전을 성공적으로 클리어하셨습니다!

-2분 뒤, 던전의 바깥으로 자동으로 이동됩니다.

거대한 본 드래곤을 처치하고 나자 유저들의 눈앞에 클리어 메시지가 주르륵 떠올랐다.

원래 같았더라면 던전의 밖으로 이동되기까지 주어지는 2분이라는 시간 동안 각자 정비를 했을 것이었다.

하지만 지금은 조금 특별한 상황이었 때문에 그럴 수가 없었다.

이윽고 던전 내부에, 샤크란의 목소리가 쩌렁쩌렁 울려 퍼졌다.

"비밀 통로를 찾아라! 2층 내부 어딘가에 3층으로 이어지는 입구가 있을 것이다!"

지하 3층.

즉, 내성까지 이어지는 팔카치오성의 비밀 통로.

던전을 처음 클리어했던 랭커들은 우연히 비밀 통로를 찾아냈다.

하지만 그렇다고 해서 위치로 정확히 안내할 수 있는 것은 아니었다.

던전의 보스가 존재하는 보스 존의 경우, 던전에 입장할 때마다 랜덤으로 지형이 변동되기 때문이었다.

때문에 원정대의 유저들은, 비밀 통로의 입구를 찾기 위해 전력을 다해 뛰어다녔다.

"에밀리, 넌 북쪽으로 뛰어!"

"알겠어, 세일론!"

그리고 그것은 이안의 소환수들도 마찬가지였다.

이안은 할리에게 바람의 가호까지 걸어가며 맵의 구석구석을 샅샅이 뒤지기 시작했다.

ㅡ던전이 재설정되기까지 00:01:30의 시간이 남았습니다.

ㅡ던전이 재설정되면, 자동으로 던전의 입구로 워프됩니다.

시간이 1초씩 줄어들 때마다, 원정대 유저들의 마음은 다급해져만 갔다.

만약 저 시간이 전부 지나기 전에 비밀 통로의 입구를 찾아내지 못한다면, 던전을 처음부터 다시 클리어해야 하는 불상사가 일어날 것이기 때문이었다.

그리고 시간이 지날수록 성 밖에서 시선을 끌고 있는 원정대 병력들의 손실이 커질 것이기 때문에, 어떻게든 한 번에 비밀 통로의 입구를 찾아야만 했다.

－남은 시간 : 00:00:49

"50초 남았다! 어서 움직이라고!"

"저 방향 아직 아무도 안 가 본 것 같은데, 내가 움직여 볼게!"

다급함이 고스란히 느껴지는 유저들의 목소리가 들려왔다.

그 길이 지독한 '함정'으로 향하는 길인지도 모른 채, 유저들은 입구를 찾기 위해 필사적으로 움직이고 있었다.

그렇게 10여 초 정도가 더 지났을까?

"찾았다!"

누군가의 목소리가 울려 퍼짐과 동시에, 원정대 모두의 시야에 새로운 시스템 메시지가 떠올랐다.

띠링－!

－원정대원이 팔카치오성의 숨겨진 '비밀 통로' 입구를 발견하였습니다.

－'던전의 재설정'까지 남은 시간이 3분 증가합니다.

－팔카치오 내성으로 이어지는 '비밀 통로' 던전의 입구입니다.

－던전의 내부로 입장하시겠습니까? (Y/N)

그리고 그것을 확인한 유저들은 곧바로 시스템의 제안을 수락하였다.

이어서 유저들의 시야가 새카맣게 암전되었다.

-역시 로터스와 타이탄입니다! 단 한 번의 트라이로 히든 던전을 찾아내는 데 성공하는군요!

던전 안의 던전.

시스템 상으로 지정된 명칭이 따로 있는 것은 아니었지만, 던전 안의 히든피스를 통해서만 입장할 수 있는 던전은 보통 '히든 던전'이라고 불린다.

이유인 즉, 숨겨진Hidden이라는 의미와 어울리기도 했으며, 일반 던전보다 특별한 보상을 얻을 수 있는 경우가 많았기 때문이었다.

그리고 원정대가 지금 입장한 '팔카치오 비밀 통로' 던전 또한 같은 맥락의 던전이었다.

물론 경우가 조금 특별하기는 했지만 말이다.

-자, 이 시점에서 우리가 특별한 게스트를 모셔 보지 않을 수 없겠군요! 포렌 님, 반갑습니다!

-하핫, 안녕하세요, 여러분. 제가 YTBC 방송도 다 타 보고, 이거 영광이네요.

포렌은 인터넷 방송에서 나름 유명세를 가지고 있는 개인 방송 BJ였다.

그는 370레벨로 나름 높은 레벨을 가진 데다 컨트롤과 입담이 뛰어나서, 항상 상위권의 개인 방송 랭킹을 유지하고 있었다.

—반가워요, 포렌 님. 방송 재밌게 보고 있답니다.

—이거, 루시아 님께서 그렇게 말씀해 주시니 몸 둘 바를 모르겠네요.

—호홋, 하인스 님, 저희가 포렌 님과는 나누고 싶은 이야기가 산더미처럼 많을 테지만, 그것들은 일단 뒤로 미뤄 놔야겠죠?

—그렇습니다! 지금 이 순간에도 원정대는 '비밀 통로' 던전을 빠른 속도로 뚫고 있기 때문에, 잡담을 나눌 시간이 아쉽게도 없네요.

—자, 그렇다면 포렌 님, 당시 포렌 님의 파티가 던전을 공략할 때의 이야기를 해 주실 수 있을까요?

'팔카치오 지하 뇌옥'의 던전부터 시작해서 '팔카치오 비밀 통로' 던전까지.

최초로 발견했던 파티가 바로 BJ 포렌이 속해 있던 파티였기 때문에, 그가 YTBC의 게스트로 초대된 것이었다.

포렌은 특유의 입담으로, 당시의 이야기를 설명하기 시작했다.

—그때를 생각해 보면…… 우선 지옥같이 힘들었던 기억밖에 떠오르질 않는군요.

—하하, 얼마나 힘드셨기에 지옥이라는 표현까지 쓰시는 건가요?

—그냥 본 드래곤을 잡은 뒤에는, 히든 던전이고 뭐고 집에 가고 싶은 마음뿐이었으니까요.

─호호, 지금 이안과 샤크란의 원정대를 보고 있는 저희로서는 쉽게 공감이 되지 않는 이야기네요.

　─하아, 저런 괴물님들과 우리 파티를 비교해 주신 부분은 영광스럽게 생각하기는 합니다만……. 시청자 여러분께선 이 영상을 그냥 '사기'라고 생각하시면 됩니다.

　─사기……라고요?

　─네. 우선 480레벨의 본 드래곤을 15분 만에 잡아 버린 것부터가 대국민 사기 아니겠습니까. 이런 영상 보고 저같이 영세한 유저들이 던전 트라이 갔다가 항상 피 본다고요.

　─랭커이신 포렌 님께서 하실 말씀은 아니신 것 같습니다만…….

　─이안 갓 앞에서는 370레벨이나 37레벨이나 다 같은 쪼렙 아니겠습니까.

　─하핫, 그게 또 그렇게 되어 버리는 건가요?

　방송은 무척이나 흥미진진했다.

　우선 '팔카치오 비밀 통로' 또한 단순히 통로가 아닌 '던전'이었기 때문인지 고레벨의 다양한 몬스터들이 출몰했고, 최고의 랭커들로 구성된 원정대의 전투 화면은 무척이나 화려했다.

　거기에 해설자들의 입담이 곁들여지자 기획자인 나지찬 또한 빠져들 수밖에 없었다.

　"그, 포렌이라고 했나? 다음부터 저 BJ 방송도 좀 챙겨 봐야겠어. 말 참 차지게 잘하는군."

본래의 관전 포인트조차 잊어버린 채, 순수한 시청자가 되어서 방송에 빠져들어 가고 있는 나지찬이었다.

하지만 그것도 잠시일 뿐, 곧 나지찬의 두 눈이 빛나기 시작했다.

그저 완벽히 순항 중인 듯 보였던 원정대가 갑자기 던전 돌파를 멈추고 정비를 시작했기 때문이었다.

─어, 무슨 일이죠? 갑자기 원정대가 멈춰 섰어요.

─포렌 님, 혹시 무슨 상황일 지 짐작 가시는 부분이 있으신가요?

─아뇨, 저도 딱히 짐작 가는 부분은…….

─이안의 개인 화면으로 움직여 보겠습니다. 멀리서 봐서는 어떤 상황일지 판단이 되질 않는군요.

하인스의 말이 끝나자마자, 멀찍이서 원정대를 찍고 있던 화면이 이안의 개인 화면으로 전환되었다.

그리고 이안의 개인 화면에 떠 있는 시스템 메시지를 확인한 나지찬이 씨익 웃으며 중얼거렸다.

"흐흐, 걸렸군. 걸렸어."

화면 구석에 붉은 글씨로 떠올라 있는 한 줄의 시스템 메시지.

─카오스 게이트Chaos Gate가 작동을 시작합니다.

─던전 내부에서 이질적인 기운이 느껴집니다.

체크 메이트Checkmate.

아무리 이안이라 하더라도 도저히 빠져 나갈 방법이 없어 보이는 외통수였다.

완벽한 함정이 발동되어 버린 것이다.

적어도 나지찬이 생각하기에는 말이다.

'카오스 게이트라고? 이게 대체 뭐지?'

처음 던전을 진입할 때부터 느껴졌던, 알 수 없는 불안감.

그리고 이안은 본능적으로 직감할 수 있었다.

그 불안감의 실체가 이제 드러난 것임을 말이다.

"카오스 게이트가 뭐야?"

"메시지 저만 떠오른 거 아니죠?"

"네, 원정대 전체적으로 떠오른 것 같은데, 대체 무슨 일일까요?"

"일단 진행 속도를 조금 늦춰 보도록 하죠. 조심해서 천천히 움직여야 할 것 같습니다."

공격적인 진형으로 던전을 뚫던 원정대의 파티는 원형의 방진을 구성한 채 천천히 움직이기 시작했다.

카오스 게이트가 뭔지는 알 수 없었지만, 알 수 없는 장치가 발동되었다는 것만으로도 조심스러울 이유는 충분했다.

이안은 파티의 선두에 있던 랭커인 '테이판'을 향해 물었다.

그는 이 던전의 최초 발견자 중 하나였기 때문에, 어떤 정보라도 얻을 수 있을까 싶어서였다.

"저, 테이판 님."

"아, 네, 이안 님."

"혹시 카오스 게이트에 대해 아시는 것 있으신가요?"

"그, 글쎄요. 저도 처음 들어 보는지라……."

던전의 최초발견 파티는 '팔카치오 비밀 통로' 던전까지 트라이하지는 않았았다.

비밀 통로 자체가 팔카치오의 내성까지 이어진다는 사실을 알고 있었기 때문에, 트라이하기에는 너무 부담이 컸던 것이다.

때문에 이안 또한 큰 기대를 하고 질문한 것은 아니었지만, 조금 아쉽기는 했다.

'역시 아는 게 없군. 그래도 뭔가 단서를 얻었으면 좋겠는데…….'

이안의 말이 다시 이어졌다.

"그럼 혹시, 지하 뇌옥 최초로 클리어하실 때 뭔가 특이점 같은 것은 없으셨나요?"

"특이점이라면 어떤 것을 말씀하시는 건지?"

"이번에 원정대에서 클리어할 때와 달랐던 부분이 기억나시면 뭐라도 좋습니다."

카일란에서는 일반적으로, 어떤 던전이 되었던 최초 발견 및 클리어를 했을 시 특별한 '보상'이 주어진다.

대부분의 경우는 경험치나 아이템으로 보상이 주어지곤 했지만, 가끔은 특별한 연계 퀘스트나 카일란 세계관의 숨겨진 스토리 같은 것으로 보상이 나타나는 경우도 있었던 것이다.

지금 이안이 물어보는 것은, 혹시나 그런 게 있지 않을까 하는 마음에서였다.

"음……. 생각해 보니 그런 게 하나 있긴 했네요."

"오, 어떤 건가요?"

어느새 원정대의 수뇌부들은 이안과 테이판의 주위로 모여들어 있었고, 모두의 시선이 그의 입을 향해 집중되었다.

테이판의 이야기는 계속해서 이어졌다.

"본 드래곤을 잡고 나서 히든 에피소드 영상이 떴었거든요. 특별한 보상 같은 것도 없고 내용 자체도 별거 없어서 조금 보다가 스킵해 버리긴 했지만요."

테이판의 말을 들은 이안의 두 눈이 살짝 빛났다.

"대략적으로 어떤 내용인지 기억나는 게 있나요?"

"네, 뭐……. 이 지하 뇌옥이 오래전 마계의 패잔병들을 가둬 놓았던 곳이라는 스토리였어요."

"좀 더 구체적으로 들어 볼 수 있을까요?"

"으음, 그러니까……."

테이판의 이야기는 그의 말처럼 크게 특별한 내용은 아니었다.

그의 이야기를 대략적으로 정리해 보자면 이러했다.

　팔카치오성의 지하 뇌옥은, 수천 년 전 마계의 침공 당시 마족들을 가둬 놓기 위해 최초로 설계되었다.
　하지만 중부 대륙의 북부지대가 신들에 의해 봉인되며 팔카치오성은 사람이 살 수 없는 폐허가 되어 버렸고, 뇌옥에 갇힌 마족들은 그대로 잊혔다.
　신들의 힘에 의해 외부와 단절되었으니, 그것은 당연한 수순이라 할 수 있었다.
　그리고 수백 년 뒤, 북부지대를 탐사하기 위해 올라온 인간들에 의해 지하 뇌옥이 다시 발견되었다.
　하지만 뇌옥 안에는 아무도 없었다.
　어찌 된 일인지 갇혀 있던 마족들이 흔적조차 남기지 않고 사라져 있었던 것이다.
　대신 뇌옥의 깊숙한 곳에 커다란 폭발의 흔적이 남겨져 있었다.

그의 이야기는 여기까지였다.
이안이 의아한 표정으로 고개를 갸웃했다.
"거기서 끝인가요?"
"네. 그 내용을 마지막으로 이곳 비밀 통로가 열렸어요. 아마도 그 다음 내용은 이 안으로 들어와야 이어지는 듯했습니다."

"그렇군요."

이안의 머리가 빠르게 회전하기 시작했다.

방금 들은 내용은 사실, 이안도 대부분 알고 있던 것이었다.

'이 뇌옥이 원래 마족들을 가둬 두었던 곳이라는 사실이야 이미 알고 있었고……. 특별한 부분은 갇혀 있던 마족들이 감쪽같이 사라졌다는 정도인가? 아니면 폭발의 흔적?'

생각이 복잡해진 이안의 미간이 살짝 좁아졌다.

'테이판의 말대로라면, 이 던전의 끝에 다음 스토리가 있다는 내용인데…….'

유추해 볼 수 있는 여지가 없는 것은 아니었으나, 그 범위가 너무 광대했다.

때문에 이안은 쉽게 예측해 낼 수 없었다.

'폭발의 흔적만을 남기고 어디론가 사라져 버린 마족의 패잔병들. 그 다음 스토리는 대체 뭘까?'

그리고 고민에 잠긴 것은 이안뿐만이 아니었다.

카일란의 콘텐츠들은 이러한 작은 스토리 하나하나에 단서가 있는 경우가 많다는 것을, 랭커들은 잘 알고 있었던 것이다.

그리고 원정대의 수뇌부들이 각자 머리를 굴리는 동안에도, 일행은 조금씩 전진하고 있었다.

시야 한쪽 구석에 떠올라 있는 '팔카치오 비밀 통로' 던전의 진척도도 벌써 50퍼센트가 넘어가고 있는 상황이었다.

그런데 잠시 후, 조용하기 그지없던 던전의 내부에 쩌렁쩌렁한 목소리가 울려 퍼졌다.

ㅡ감히 나의 권위에 도전하려 하다니…….

ㅡ하찮은 인간들이여, 지금부터 그 대가를 치르게 되리라!

거칠고 묵직한, 그리고 거기에 더해서 소름이 돋을 정도로 사이邪異한 음성.

던전에 울려 퍼지는 벼락같은 음성을 들은 이안은, 그 목소리가 어쩐지 낯익다고 생각했다.

'뭐지? 분명히 들어 본 목소리였는데……?'

이안은 빠르게 기억을 더듬었고, 곧 목소리의 주인공이 누구인지 깨달을 수 있었다.

"아, 샬리언……!"

과거 마계에서 맞닥뜨렸던 언데드들의 제왕.

이 목소리의 주인공은 바로, 리치 킹 샬리언의 목소리였던 것이다.

그리고 이안의 중얼거림을 들은 샤크란이 이안을 향해 짧게 물었다.

"샬리언? 그의 목소리를 어떻게 알지?"

"그야, 일전에 마주친 적이 있으니까요."

"그게 무슨……?"

이안의 대답에 의문만 더욱 짙어진 샤크란이었지만, 그의 질문은 더 이상 이어질 수 없었다.

던전 내부의 상황이 급박하게 돌아가기 시작했기 때문이었다.

쿵- 쿠쿵- 쿵-!

원정대의 뒤쪽에서부터 커다란 굉음이 들려왔다.

"뭐야? 퇴로가 차단됐어!"

"미친! 함정이었던 건가?"

"젠장!"

그리고 일행이 지나온 비밀 통로가 거대한 돌 더미에 의해 막히고 말았다.

"……!"

어지간해서는 잘 당황하지 않는 샤크란조차도 순간 평정심이 흔들렸을 정도.

원정대에서 유일하게 어느 정도 이 상황을 예견했던 이안만이 최소한의 침착함을 유지하고 있었다.

'함정이라고 해도 극복하면 그만이지.'

그는 앞으로 이어질 상황에 대처하기 위해, 온 신경을 곤두세웠다.

그런데 그때, 이안의 눈앞에 새로운 시스템 메시지들이 연달아 떠오르기 시작했다.

-카오스 게이트가 오픈되었습니다.

-지금부터 카오스 게이트의 차징Charging이 시작됩니다.

우우웅-!

커다란 공명음과 함께 던전의 중앙에서부터 시뻘건 아지랑이가 피어오르기 시작했다.

그리고 그것은 점차 어떤 형태를 만들어 갔다.

게다가 떠오르는 메시지들은 거기서 끝나지 않았다.

—특정 조건이 충족되었습니다.

—'돌발 퀘스트'가 생성되었습니다.

—'카오스 게이트를 파괴하라' 퀘스트가 발동됩니다.

이안을 비롯해 모든 원정대원의 눈앞에 생각지도 못했던 퀘스트 창이 떠올랐다.

> **'카오스 게이트를 파괴하라 (히든)(돌발)'**
>
> 당신은 지하 뇌옥을 정복하고, 그 내부에 있던 '비밀 통로'를 발견하는 데 성공했다.
>
> 팔카치오성의 내성으로 이어지는, 수백 년 전에 만들어진 숨겨진 지하 통로.
>
> 그런데 지하 통로를 지나던 과정에서 커다란 문제가 생기고 말았다.
>
> 비밀 통로에 잠들어 있던 카오스 게이트가 어쩐 일인지 작동하기 시작한 것이다.
>
> 카오스 게이트는 과거 지하 뇌옥에 갇혀 있던 마계의 패잔병들이 마계로 돌아가기 위해 만들었던 차원 포털이다.
>
> 이 차원 포털이 어째서 다시 작동하는지는 알 수 없지만, 만약 게이트가 열리는 것을 그대로 둔다면 마족들과 마물들이 포털을 통해 넘어올 것이다.
>
> 최악의 상황을 방지하기 위해 서둘러 카오스 게이트를 파괴하자.
>
> 카오스 게이트가 완전히 충전되기 전에 성공적으로 파괴한다면, 마물들이 넘어오는 일은 없을 것이다.

 그리고 그것을 확인한 이들은, 더욱 당황한 표정이 될 수
밖에 없었다.

 "크크큭, 당황스럽겠지. 이건 아무리 이안이라 해도 당황
할 수밖에 없을 거야."
 널찍한 TV화면을 보며, 나지찬은 연신 통쾌한 웃음을 터
뜨리고 있었다.
 최근 카일란 방송을 보며, 나지찬이 이렇게 행복해했던 적
은 단연코 없었다.
 이안을 모니터링하며 겪었던 그간의 서러움과 고통(?)들.
 이안이 변칙적인 행보를 보일 때마다 졸이고 졸인 탓에 한
껏 쪼그라져 있던 심장이, 그야말로 뻥 뚫리는 듯한 기분을
받은 것이다.

"그래, 이안갓도 한 번쯤은 실패를 경험해 봐야 하지 않겠어?"

나지찬에게 이안은 애증의 존재였다.

팬으로서는 무한한 존경과 애정의 대상이었지만, 기획자로서는 끔찍하기 그지없는 콘텐츠 파괴자였던 것이다.

때문에 나지찬의 마음속에는, 이안을 응원하는 마음과 동시에 실패했으면 하는 마음이 공존하고 있었다.

'후후, 공개적으로 방송만 안 때렸어도 이런 일은 없었을 텐데…….'

나지찬은 인간계뿐 아니라 마계에서 활동하는 모든 랭커들의 움직임을 전부 꿰고 있었다.

때문에 지금의 상황에 대해, 그 누구보다도 완벽하게 이해하고 있었다.

'멍청한 에밀리랑 카윈 덕에 결국 함정에 빠지고 말았군.'

퀘스트 창 하단에 떠올라 있는 '퀘스트 조건'에 쓰여 있는 것처럼, 이 '함정'이 발동하기 위해서는 카오스 게이트가 작동해야만 한다.

아마 지금 던전 안에 있는 이안의 일행은 본인들이 던전을 돌파하는 과정에서 카오스 게이트가 작동했다고 생각하고 있을 것이었다.

하지만 실상은 달랐다.

카오스 게이트의 작동은 인간계가 아닌 마계의 퀘스트와

연결되어 있는 부분이었던 것이다.

쉽게 말해, 마계의 퀘스트를 진행 중이던 랭커들이 YTBC의 방송을 통해 원정대의 상황을 실시간으로 파악했고, 그들을 함정에 빠뜨리기 위해 카오스 게이트를 작동시킨 것이라는 이야기다.

그렇다면 만약 원정대의 행보가 방송에 공개되지 않았더라면 공성전이 어떻게 진행되었을까?

'아마 원정대가 이 비밀 통로에 들어서는 일 자체가 없었겠지.'

원래 마계의 랭커들은 며칠 더 빨리 카오스 게이트를 작동시킬 예정이었고, 원정대가 팔카치오성에 도착할 쯤에는 이미 비밀 통로가 폐쇄되어 있었을 것이다.

하지만 원정대의 행보가 고스란히 TV 방송을 통해 노출되었기 때문에, 마계의 유저들이 이런 함정을 팔 수 있었던 것이다.

"자, 이제 원정대가 얼마나 버텨 내는지, 구경이나 한번 해 볼까……?"

아마 이안이라면, 아니, 이안을 비롯해 최고의 랭커들로 구성된 원정대의 능력이라면 카오스 게이트가 작동될 때까지 밀려들 수많은 언데드 군단 정도는 어찌어찌 막아 낼 수 있을 것이다.

하지만 결국 게이트는 작동될 수밖에 없고, 게이트를 통해 들어온 마계의 랭커들은 로터스와 타이탄의 정예만큼이나 강력한 힘을 가지고 있다.

"심지어 그들마저 이겨 낸다고 하더라도……. 결말은 파멸일 수밖에 없지."

앞으로 이어질 상황들을 머릿속에 그린 나지찬은 싱글싱글 웃으며 방송을 다시 시청하기 시작했다.

방송은 갈수록 더욱 재밌어지고 있었다.

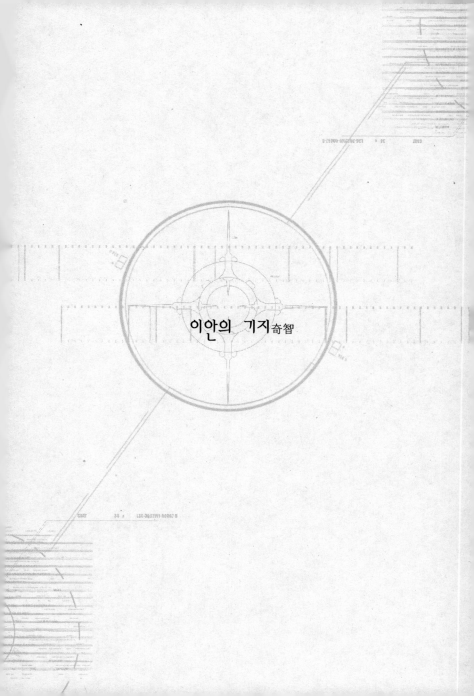

이안의 기지奇智

Taming
Master

　　토르의 거대한 망치가 거대한 황금빛의 기운을 뿜어내며
허공에서 떨어져 내렸다.
　　쾅― 콰쾅― 펑―!
　　뿌연 흙먼지가 퍼져 나옴과 동시에 사방으로 울려 퍼지는
커다란 굉음.
　　무너져 내리는 바윗덩이를 보며 세리아가 입을 쩍 벌렸다.
　　"이게 정말…… 되는구나……."
　　쿠쿠쿵― 쿵―!
　　흙먼지가 가라앉자, 그 사이로 사람이 지나갈 수 있을 만
한 통로가 만들어졌다.
　　토르의 무식한 망치질이 억지로 작은 협곡을 만들어 낸 것

이다.

'역시 폐하께선 대단하셔!'

두 눈을 반짝이며 토르의 뒷모습을 응시하는 세리아.

그리고 그 광경을 보고 있는 것은 세리아뿐만이 아니었다.

그녀의 뒤로는 수백이 넘는 원정대의 병력이 늘어서 있었던 것이다.

"오오, 여길 가로질러 갈 수 있다면, 정말 해볼 만하겠어!"

"그러게. 이거 비밀 통로로 잠입해 들어간 정예부대보다 우리가 먼저 성벽을 넘는 거 아닐까?"

"크, 그나저나 이런 작전은 사전에 못 들었는데, 갑자기 어떻게 만들어진 거지?"

"뭐, 이안 님 머릿속에서 갑자기 생각이 났나 보지. 사실 우리 병력도 적지 않은데, 타워 시선이나 끌고 있기는 아까웠잖아?"

지하 뇌옥에 진입하기 전.

이안은 세리아에게 특별한 명령을 내렸었다.

"세리아."

"네, 폐하."

"내가 토르를 네게 맡길 테니까, 너는 외성 동쪽으로 이동해 줘."

"예에……?"

"서쪽은 방어 타워도 너무 견고하고 지형 자체가 굽어 있어서 답이 없지만, 동쪽에 있는 바위봉우리는 토르를 데려가면 넘을 수 있을 거야."

"네? 폐하, 봉우리를 넘는다니요? 제가 잘 이해가 안 돼서……."

"저기 저쪽 보면, 비교적 바위벽이 낮은 부분이 있지?"

"아, 네, 보여요. 움푹 들어가 보이는 부분!"

"내가 원정대에는 따로 명을 내려 놓을 테니까, 토르를 데리고 저기로 먼저 이동해."

"그런 다음에는요?"

"뭐겠어. 냅다 후드려 패는 거지."

"……!"

"저 정도 높이 바위는 토르가 1시간 정도 두들기면 뚫을 수 있을 거야."

"설마 저 바위를 부수라고요?"

"그래. 저기만 가로지를 수 있으면, 동쪽 성벽까지 직선거리로 이동할 수 있잖아."

"아!"

"부탁해, 세리아. 이 비밀 통로만 믿고 있는 건 너무 위험 부담이 클 것 같아서 그래."

"해…… 볼게요, 폐하! 믿어 주세요!"

"고마워, 세리아."

지하 뇌옥에서 불길함을 느낀 이안은, 지금의 상황을 최대한 이용할 방법을 생각해 보았었다.

 '만약 이 지하 뇌옥이 함정이라면, 어둠군단의 병력들이 오히려 외성이 아닌 이쪽으로 집중되어 있겠지.'

 만약 이안의 불길한 예감이 맞아떨어지더라도, 그 상황을 이용해 다른 루트를 뚫을 생각을 한 것이다.

 '지하 뇌옥에 적 병력이 모인 틈을 타서 동쪽을 뚫어 보는 거야. 바위벽을 뚫고 동쪽 성벽까지 한 번에 접근할 수 있다면, 공략이 충분히 가능할 수 있어.'

 만약 지하 뇌옥의 비밀 통로가 함정이 아니라면, 이 전략은 통하기 쉽지 않을 것이었다.

 적 병력이 정상적으로 포진되어 있다면, 바깥에 있는 원정대의 병력만으로 성벽을 넘는 것은 어려울 것이기 때문이었다.

 하지만 그 상황이 되면 이미 이안의 정예부대가 내성까지 침투해 있을 터였고, 동쪽 성벽을 넘지 못하더라도 상관없을 것이었다.

 내성에 침투한 이안의 부대가 팔카치오성의 정문을 그대로 열어 버릴 것이기 때문이다.

 쉽게 말해 세리아와 토르를 따로 보낸 것은, 일종의 보험이라 할 수 있었다.

 플랜A가 실패하더라도 최악의 상황이 되지 않도록, 두 번째 플랜을 짜 놓은 것이다.

쿵– 쿵– 쾅–!

토르는 쉴 새 없이 망치질을 했고, 잠시 후 바위봉우리 사이로 원정대의 병력이 충분히 지나다닐 만한 통로가 만들어졌다.

그러자 동쪽의 원정대를 통솔하던 유신이 깃발을 힘껏 치켜들며 소리쳤다.

"자, 우리 풀리오스 정예들도 한 건 제대로 보여 주자고! 전부 이안에게만 맡겨 놓을 수는 없으니 말이야."

"와아아!"

성 내부에 있는 어둠의 군단은 물론, 전투를 열심히 중계 중인 하인스를 비롯해 수많은 시청자들이 모르는 사이 팔카치오 필드의 동쪽에서 하나의 변수가 생겨나고 있었다.

'저걸 대체 어떻게 부숴야 하지?'

붉게 타오르며 점점 제 형상을 찾아가고 있는, 거대한 카오스 게이트.

확인 가능한 카오스 게이트의 정보는 그야말로 재앙에 가까웠다.

–카오스 게이트

–내구도 : 162,800,000/162,800,000

–작동까지 남은 시간 : 00:15:23

'이거 깨라고 만든 퀘스트는 맞는 거야?'

1억6천이라는 미친 내구도를 가진 카오스 게이트.

방어력이 얼마인지는 확인할 수 없었지만, 일반적인 방법으로 부술 수 없는 녀석이라는 것은 확실했다.

물론 아무런 방해 없이 게이트만 죽어라 공격하면 20분 안에 터뜨릴 수 있겠지만, 방해가 없을 리 없었다.

이미 전장에는 수많은 어둠군단의 병력들이 몰려 들어온 것이다.

카오스 게이트가 작동할 때까지 게이트를 지키기 위해서 말이다.

이안은 입술을 잘근잘근 씹으며, 쉴 새 없이 창대를 휘둘렀다.

쾅– 콰쾅– 쾅–!

–네임드 몬스터 '데스 나이트 카라얀'에게 치명적인 피해를 입히셨습니다!

–'데스 나이트 카라얀'의 생명력이 1,270,983만큼 감소합니다!

게이트를 부수기는커녕 근처에 접근하는 것조차 녹록치 않은 상황이었다.

그러다 보니 이안의 머릿속에는, 세리아에게 맡긴 토르가 자연스레 떠오를 수밖에 없었다.

'으, 이런 미친 퀘스트가 생성될 줄 알았으면 토르를 데리고 있는 건데…….'

하지만 그 생각도 그냥 답답함에 한번 해 본 것일 뿐.

사실 토르가 있더라도 달라질 게 많지 않다는 것은 이안이 가장 잘 알고 있었다.

토르의 망치가 강력하긴 하지만 만능은 아닌 것이다.

아무리 토르라고 해도 게이트에 접근이 가능해야 뭘 해 볼 수 있으니 말이다.

쏴아아아─!

훈이의 손에서 광역 공격기가 뿜어져 나왔고, 그와 동시에 헬라임의 신형이 어둠 속으로 사라진다.

스하아아─!

어둠을 타고 다니며 적을 베는 고유 능력인 '다크 비전' 덕에, 훈이와 헬라임의 조합은 그야말로 환상이라 할 수 있었다.

쾅─ 쾅─ 쾅─!

헬라임의 그림자가 동에 번쩍 서에 번쩍 움직이며, 언데드 군단의 주요 유닛들을 암살했다.

특히 살아 있으면 무척이나 까다로운 어둠술사들이 주요 타깃이었다.

"크아아, 네놈은 다크 나이트, 어둠의 아들이 아닌가! 어째서 우릴 공격하는 것이냐!"

공격 한 번에 빈사상 태가 되어 버린 어둠술사가 절규했지만, 헬라임의 대검에는 자비가 없었다.

"나는 헬라임, 로터스의 신하일 뿐."

콰아앙-!

보랏빛 광채가 터져 나옴과 동시에, 그대로 까만 재가 되어 쓰러지는 어둠술사들.

멀리서 죽음의 기사가 헬라임의 뒤를 향해 검기를 쏘아 보냈지만, 안타깝게도 그것은 이안의 시야에 포착된 지 오래였다.

"헬라임, 뒤!"

타탓-!

이안의 오더가 떨어지기 무섭게, 헬라임의 허리가 대각선으로 비틀어졌다.

-가신 '헬라임'이 '데스 나이트'의 공격을 회피하였습니다.

-가신 '헬라임'의 고유 능력 '어둠의 역습'이 발동합니다.

떠오르는 두 줄의 메시지와 함께 헬라임의 신형이 어둠 속으로 녹아들었다.

스르륵-!

이어서 그가 나타난 곳은 검기를 쏘아 보낸 데스 나이트의 뒤쪽이었다.

촤아악-!

공격을 회피할 시, 공격한 대상의 후방으로 순간 이동하여 공격력의 150퍼센트만큼의 피해를 입히는 헬라임의 패시브 능력.

무방비 상태에서 헬라임의 강력한 공격을 당하니, 제아무리 430레벨의 데스나이트라고 해도 버텨 낼 재간이 없었다.

470레벨대인 헬라임의 공격력은 사실상 원정대 전체를 통틀어 가장 강력했으니 말이다.

ㅡ'데스 나이트'를 성공적으로 처치하셨습니다!

ㅡ경험치를 32,827,509만큼 획득합니다.

완벽한 컨트롤로 순식간에 네임드 몬스터 다섯을 다운시킨 이안이었으나, 그의 표정은 전혀 밝지 못했다.

'제기랄, 방법이 없을까?'

지금 이 순간에도 시간은 빠르게 지나가고 있었고, 아직 게이트에 접근조차 하지 못했음에도 불구하고 시간은 10분도 남아 있지 않았으니 말이다.

'어차피 저걸 부수는 게 불가능하다는 건……. 기정사실이야. 뭔가 다른 해결책을 찾아내야 해.'

카오스게이트 파괴를 포기하고 나니 다시 머리가 돌아가기 시작한다.

그리고 그런 이안의 머릿속에 가장 먼저 떠오른 것은, 당연히 이곳을 탈출하는 방법이었다.

'차원의 구슬을 이용해 볼까? 어떻게 3초만 피해 있을 방법 없을까?'

한 번 이상 가 본 곳이라면 어디든 갈 수 있게 해 주는, 이안이 가진 최고의 아티펙트인 차원의 구슬.

하지만 구슬을 사용해 차원의 문을 열기 위해서는 3초의 캐스팅 시간이 필요했고, 이안은 그것을 말한 것이다.

캐스팅 도중에 약간의 피해라도 입으면 차원문 오픈이 취소되니 말이다.

그러나 문제는, 그것뿐만이 아니었다.

차원의 문을 성공적으로 연다고 하더라도, 탈출하는 동안 엄청난 피해를 입을 것이 분명했기 때문이었다.

'게이트로 한 번에 다 들어갈 수는 없으니, 전원이 빠져나오려면 적지 않은 시간이 걸리겠지.'

자꾸만 떠오르는 여러 가지 걸림돌들.

'게다가 일단 게이트가 열리면 피아 구분 없이 아무나 들어갈 수가 있다는 것도 문제야. 자칫 언데드들이 안으로 들어가며 이동을 방해할 수도 있어. 그렇게 되면 정말 답이 안 나올 거야.'

퍼엉-!

달려드는 언데드 하나를 튕겨 낸 이안이, 잠시 숨을 고르며 뒤로 물러섰다.

지금 당장 언데드 하나를 처치하는 것보다, 방법을 찾아내는 것이 훨씬 중요한 과제였으니 말이다.

'진성아, 침착하자. 분명히 방법이 있을 거야. 하늘이 무너져도 솟아날 구멍은 있⋯⋯!'

그런데 다음 순간, 초조하기 그지없던 이안의 두 눈에 이채가 돌기 시작했다.

"그래, 그거야!"

그는 돌연 주먹을 불끈 쥐며, 탄성을 내질렀다.

그 목소리를 들은 샤크란이 이안의 옆으로 다가오며 입을 열었다.

"뭔가 방법을 찾은 거냐, 꼬맹아?"

지푸라기라도 잡고 싶은 심정인 건지, 이 순간만큼은 샤크란의 표정도 다급하기 그지없었다.

"후후."

이안이 한쪽 입꼬리를 씨익 말아 올리며, 샤크란을 향해 입을 열었다.

"아재, 우리 게이트 부수는 건 포기합시다."

"그걸 말이라고……!"

"아따, 성질 급하시기는. 다른 방법이 있으니까 그러죠."

"뭐?"

의아한 표정을 짓는 샤크란을 향해 씨익 웃어 준 이안이, 이제는 거의 완성되어 가는 카오스 게이트를 손가락으로 가리켰다.

"게이트 열리기 전에, 나 좀 저 앞으로 데려다 줘요."

"……?"

"내가 여기, 나갈 수 있게 해 줄게요."

"후후, 아무리 이안과 샤크란이라 해도 카오스 게이트를 부수는 건 무리겠지."

이라한은 눈앞에 떠 있는 붉은 게이트를 응시하며, 입꼬리를 씨익 말아 올렸다.

게이트의 위에 떠올라 있는 굵디굵은 생명력 게이지.

－카오스 게이트

－내구도 : 131,751,624/162,800,000 (80.92퍼센트)

－작동까지 남은 시간 : 00:03:11

인간계의 유저들이 어떤 전투를 벌이고 있는지는 게이트 너머에서 볼 방법이 없었지만, 게이트의 생명력은 마계에서도 확인이 가능했다.

때문에 마계의 유저들은, 다들 득의 어린 미소를 짓고 있었다.

"흐흐, 이거 몸이 근질근칠하는데?"

"3분 남았는데 게이트 생명력 20퍼도 채 못 깎았네요."

"우리가 예상했던 것보다 인간계 유저들 전력이 약한 것 같습니다."

"그러게요. 못해도 절반 이상은 깎을 수 있을 줄 알았는데 말입니다."

마계의 유저들은, 오랜만에 인간계의 유저들과 전투를 벌일 생각에 잔뜩 달아올라 있었다.

그도 그럴 것이, 성사되기만 한다면 절대로 질 수 없는 전투이기 때문이었다.

'놈들이 아무리 강력하다고 해도 리치 킹의 버프를 받은 우리를 이길 수는 없을 터.'

카오스 게이트 앞에 모여 있는 수십 명의 마계 랭커들.

그들은 전부, 리치 킹의 퀘스트를 클리어한 유저들이었다.

그리고 퀘스트의 진행 과정에서, 카오스 게이트를 통과하는 순간 강력한 버프를 받게 되어 있었다.

게다가 인간계 유저들은 마계와의 싸움에 대한 준비가 하나도 되어 있지 않을 터였다.

심지어 어둠의 군단과 싸우느라 힘이 빠져 있을 인간계 유저들을 이 전력으로 이기지 못한다는 것은 말이 되지 않았다.

"이제 2분 남았군요."

림롱의 말에, 이라한이 고개를 끄덕이며 대답했다.

"그렇군."

이라한은 이를 으스러져라 꽉 깨물며 천천히 말을 이었다.

"이번에야말로 이안 놈을 제대로 박살 내 줘야겠어."

"후후, 자신 있으십니까?"

"물론. 이 유리한 상황에서도 놈을 잡지 못한다면, 캐릭터 삭제하고 카일란 접어야지 않겠나?"

이를 뿌득뿌득 갈며 말하는 이라한을 보며, 뒤에 있던 사무엘진이 빈정거렸다.

"거, 지킬 수 있는 약속만 하시는 게 좋지 않겠소?"

그 말이 끝나기가 무섭게 이라한의 고개가 그를 향해 획하고 돌아갔다.

"내가 카일란을 접어야 할 상황이 올 일은 없을 것이니, 네놈이 걱정할 필요는 없다."

"이안한테 10레벨도 넘게 상납하신 분이 할 얘기는 아닌 것 같은데."

으드득-!

과거 이라한은 이안의 집요한 공격에 열 번도 넘는 죽음을 맛보았다.

즉, 데스 페널티로 인해 10레벨도 넘게 다운된 것이다.

사무엘 진은 지금, 그것을 말하는 것이었고, 그것은 이라한의 역린과도 같은 것이었다.

"놈, 지금 네놈 먼저 죽여 버릴 수도 있음이다."

"어디, 할 수 있으면 한번 해보시든가."

쾅-!

벌떡 일어나서 서로를 노려보기 시작하는 이라한과 사무엘 진.

옆에서 가만히 그 모습을 지켜보던 림롱이 고개를 절레절레 저으며 상황을 중재했다.

"워, 워. 이제 1분 남았습니다. 우리끼리 여기서 이러실 게 아니라, 인간계 유저들 족치러 가야 하지 않겠습니까."

"후우⋯⋯."

"이라한 님이 그때 당하신 이유는, 사실상 이안의 비상식적인 항마력 때문이었습니다. 하지만 어둠의 군단과 싸우고 있는 지금은 이안이 항마력 세팅을 하고 있을 리도 없을 뿐더러 우리는 리치 킹의 버프까지 받습니다. 그러니 이라한 님이 호언을 하실 만도 하죠."

림롱은 이라한의 자존심을 조금이라도 세워 주면서, 두 사람을 열심히 중재했다.

아무리 지금이 유리한 상황이라고 하더라도, 인간계 유저들과의 전투가 시작되기도 전에 내분이 일어난다면 곤란했기 때문이었다.

'후, 뇌에 똥만 찬 머저리들.'

속으로 이라한과 사무엘 진을 씹어 댄 림롱이 고개를 절레절레 저었다.

그리고 그의 시선은 카오스 게이트 상단에 떠 있는 시스템 메시지를 향해 있었다.

—작동까지 남은 시간 : 00:00:27

"저걸 안 부수고 다른 방법이 있다고?"

"그런 말이죠."

"어떻게 할 생각이냐, 꼬마?"

"지금 그걸 설명할 시간은 없고, 날 한번 믿어 보는 게 어떻습니까, 아재."

"크흠, 좋다. 한 번은 믿어 보도록 하지."

살짝 주춤하기는 했지만, 샤크란의 결단은 오래 걸리지 않았다.

수많은 길드원들의 목숨이 걸려 있음에도 불구하고, 과감히 결단을 내린 것이다.

'이안'이라는 유저가 그동안 보여 왔던 행보에 대한 신뢰감이 기본적으로 깔려 있기는 했지만, 이런 상황에서 빠르게 결단을 내리는 것은 사실 쉽지 않은 일이었다.

아마 샤크란이 아닌 일반적인 랭커들이었다면, 어쨌든 이안에게서 모든 설명을 들을 때까지 따르지 않았을 게 분명했다.

'이 아재는 이런 점이 제일 맘에 든단 말이지.'

빠른 상황판단에 이은 과감한 결단력.

이는 샤크란의 플레이 성향을 보여 주는 부분이라고 할 수 있었다.

"지금부터 길을 뚫는다! 센터로 화력 집중해!"

샤크란의 오더가 떨어지기가 무섭게 이안은 하르가수스를 소환하였다.

히이이잉-!

지금의 상황에서 게이트까지 접근하기 위해서는 하르가수스만큼 확실한 카드가 없기 때문이었다.

'강하를 잘만 이용하면, 피해의 9할 이상은 흡수할 수 있을 거야.'

발동하는 순간 들어오는 모든 피해를 무력화시키는 하르가수스의 '강하' 고유 능력.

하지만 강하 스킬은 그 이름 그대로 허공으로 솟아오를 수는 없는 스킬이었다.

어쨌든 허공으로 점프를 한 뒤에만 발동시킬 수 있는 스킬인 것이다.

하지만 지금과 같은 지형에서는 이야기가 달랐다.

마치 거대한 폭발이 일어난 듯한 모양새인 비밀 통로의 필드.

커다란 크리에이터의 중심에 카오스 게이트가 생성되고 있는 모양새였기 때문에 게이트를 향해 이동할수록 지대가 낮아지는 것이다.

그 말인 즉, 바닥을 딛고 다시 점프를 하지 않아도, 강하를 연속적으로 펼칠 수 있는 상황이라는 이야기였다.

'경사가 조금 더 심했으면 편했겠지만 뭐, 이 정도면 충분하지.'

강하 스킬이 활성화 된 상태의 하르가수스는, 마치 글라이더처럼 미끄러지듯 허공을 내려온다.

하지만 피해를 흡수하기 위해서는, 강하를 비활성화했다가 다시 발동시켜야 한다.

발동하는 순간에만 피해를 흡수하기 때문이었다.

때문에 강하 컨트롤이라는 것은 적의 공격에 피격당하는 순간 강하를 껐다 켜는 것이라고 할 수 있었다.

그렇다면 강하 컨트롤을 통해, 무한정 적의 공격을 흡수해 낼 수 있을까?

당연히 그것은 아니었다.

강하는 허공에 떠 있는 상태에서만 발동시킬 수 있기 때문이다.

강하를 껐다 켜는 그 찰나의 순간, 하르가수스는 수직으로 떨어지게 된다.

강하를 많이 껐다 켰다 할수록, 바닥으로 빠르게 떨어져 내린다는 소리였다.

즉 높은 곳에서부터 떨어져 내릴수록, 강하를 발동시킬 수 있는 횟수가 많아진다는 이야기다.

이안은 경사를 최대한 활용하면서, 최소한의 피해로 게이트에 접근할 생각이었다.

"하르가수스, 강하!"

하르가수스의 시커먼 날개가 펼쳐지며, 주변으로 어두운 기운이 뿜어져 나갔다.

그것은 그야말로 찰나의 순간이었다.

Taming Master
테이밍마스터

이 짧은 타이밍을 조절하여 결정적인 공격들을 막아 내는 이안의 컨트롤은, 그야말로 신들렸다는 표현이 어울릴 것이다.

"원딜러들, 게이트 그만 타격하고 내 앞 좀 뚫어 줘!"

큰 목소리로 오더를 내린 이안은, 빠르게 언데드들을 베어 넘기며 게이트를 향해 돌진했다.

그리고 그의 시선은 게이트의 위에 떠올라 있는 붉은 문구를 향해 있었다.

-작동까지 남은 시간 : 00:00:23

'좋아, 충분히 할 수 있어!'

이제는 거의 손에 닿을 듯, 바로 앞까지 다가온 혼돈의 문.

이안은 이를 악물며 쉴 새 없이 창대를 휘둘렸다.

콰쾅- 쾅- 쾅-!

-어둠의 군단 '스켈레톤 워리어'에게 치명적인 피해를 입히셨습니다!

-'스켈레톤 워리어'를 성공적으로 처치하셨습니다!

-'데스 나이트'를 성공적으로 처치하셨습니다!

하지만 언데드들의 저항도 만만치 않았다.

뒤늦게 이안이 게이트에 접근하고 있다는 사실을 알아차렸는지, 흩어져 있던 병력이 전부 이안의 앞을 막아선 것이다.

'으, 이거 조금만 더 뚫으면 되는데…….'

지금 이 순간에도 속절없이 지나가는 제한 시간.

-작동까지 남은 시간 : 00:00:07

　카오스 게이트까지 남은 거리는 5미터도 채 되지 않는 짧은 거리였으나, 적어도 3초는 남기고 그 앞에 도달해야 했다.

　이안이 떠올린 '기막힌 한 수'를 작동시키려면 3초 정도의 시간은 필요했기 때문이었다.

　"흐아압!"

　이안의 창이 앞에 있던 다크 골렘의 허벅지를 강하게 타격했다.

　콰앙-!

　-어둠의 군단 '다크 골렘'에게 치명적인 피해를 입히셨습니다.

　-'다크 골렘'의 생명력이 1,698,092만큼 감소합니다.

　골렘을 타격한 반동을 이용하여, 다시 한 번 허공으로 떠오르는 이안의 신형.

　그런데 그때, 이안의 눈앞에 기다렸던 메시지가 떠올랐다.

　-'정령왕의 심판' 아이템의 고유 능력, '감응'이 발동합니다.

　그에 이안은, 저도 모르게 주먹을 불끈 쥐었다.

　'제발…… 바람의 가호!'

　지금의 상황에 '감응'으로 가져올 수 있는 최상의 스킬은 소환수 할리의 고유 능력인 바람의 가호.

　하지만 이안의 소환수들이 가진 수많은 고유 능력들 중 원하는 능력이 발동될 리는 없었다.

　-소환수 '빡빡이'와 감응합니다.

―소환수 '빡빡이'의 고유 능력, '절대 방어'를 발동하였습니다.

―5초 동안 '무적' 상태가 됩니다. (신체 조건상 페널티로 인해, 본래 계수의 50퍼센트만큼으로 적용됩니다.)

빡빡이의 고유 능력인 '절대 방어'가 발동된 것이다.

그러나 이는 앞에 있는 언데드들을 빠르게 뚫어야 하는 지금의 상황에서는 사실상 큰 쓸모가 없는 능력이었다.

그러나 이안은 실망하지 않고 빠르게 멀리를 굴렸다.

'그래, 이렇게 하면 되겠어.'

곧바로 방법을 떠올린 이안은 허공을 향해 창을 치켜 올렸다.

그리고 공중에서 적들을 공격하던 핀을 향해 큰 소리로 오더를 내렸다.

"핀, 게이트를 향해 돌진해!"

끼아아오오!

적들의 모든 시선이 본인에게 쏠려 있는 틈을 타 편법을 생각해 낸 것이다.

쐐애애액―!

커다란 파공성을 뿜어내며 빠른 속도로 게이트를 향해 돌진하는 핀.

이어서 이안의 입에서 오랜만에 '공간 왜곡' 스킬의 시동어가 울려 퍼졌다.

"공간왜곡!"

우우웅─!

소환수와의 위치를 바꿔 그 자리로 이동할 수 있는 이안의 생존 기술.

그것을 응용하여 게이트의 바로 위로 이동한 것이다.

물론 그것으로 끝은 아니었다.

게이트가 작동하기까지 남아 있는 시간은 정확히 3초.

이안의 손에는 어느새 진보랏빛으로 영롱하게 빛나는 '구슬'이 하나 들려 있었다.

"엿 돼 봐라, 이놈들!"

그리고 다음 순간, 카오스 게이트가 열린 바로 그 좌표에 보랏빛으로 빛나는 또 하나의 게이트가 모습을 드러내기 시작하였다.

이안이 생각한 '기막힌 한 수'는 다른 것이 아니었다.

차원의 마탑주 그리퍼로부터 받았던 차원의 구슬.

자신이 한 번 가본 곳이면 어디든 포털을 열 수 있게 해 주는 아이템인, 차원의 구슬을 활용하는 것이다.

마계의 마족들과 마물들이 넘어올 카오스 게이트의 워프 지점에 차원의 문을 설치하며, 들어온 즉시 다른 공간으로 보내 버리는 것, 그것이 이안이 생각해 낸 기발한 해결책이었다.

'크, 내가 생각해도 감탄이 나오는군.'

이안은 속으로 자화자찬을 하며, 연신 감탄사를 내뱉었다.

하지만 아직 고민해야 할 부분이 하나 남아 있었다.

넘어올 마물들과 마족들을 어디로 보내느냐는 것이었다.

'마계에서 누가 넘어올까? NPC 마족들과 마물들이 넘어오는 걸까, 아니면 마계의 유저들이 넘어오는 걸까? 어디로 보내는 게 최상의 선택일까?'

처음 이안이 생각했던 것은 마계에서 온 이들을 다시 왔던 곳으로 돌려보내는 것이었다.

하지만 곧, 그것은 적절하지 못하다는 것을 깨달을 수 있었다.

'카오스 게이트가 얼마나 유지될지 몰라서 그건 안 되겠어.'

카오스 게이트가 차원 게이트보다 오랫동안 유지된다면, 일정 시간이 지난 뒤 그들이 다시 넘어올 수도 있다.

그렇게 되면 이 전략은 그저 미봉책이 될 뿐이었다.

그렇다면 어떻게 해야 확실한 엿을 먹일 수 있을까?

이안이 다음으로 떠올린 곳은 바로 용의 제단 지하 깊숙한 곳, 이안이 들어갈 뻔했었던 미지의 포털이었다.

'그래, 그곳이라면 놈들도 쉽게 돌아올 수 없을 거야. 내 짐작이 맞다면 그곳은 중간계…….'

중간계.

그중에서도 용천龍天.

용신 세카이토의 권역으로 추정되는 용천에 마족들을 보

내 버린다면, 그들은 쉽게 마계로 돌아갈 수 없을 것이다.

하지만 이안은 이 생각도 떠올리자마자 접어야 했다.

문제가 하나 있기 때문이었다.

'아냐. 거기도 안 돼. 내가 아직 가 보지 못한 곳을 놈들이 먼저 밟게 도와줄 순 없지.'

마계의 유저들에게 중간계의 최초 발견 보상이 돌아가는 것은 도저히 용납할 수 없었던 것이다.

그렇다면 마지막으로 남은 곳은…….

'그래, 거기가 좋겠어. 한을 한번 믿어 봐야지.'

그렇게 카오스 게이트가 열리는 순간, 또 다른 차원의 문이 동시에 생성되었다.

까앙- 까앙- 까앙-!

일정한 간격으로 경쾌한 쇳소리가 끊임없이 울려 퍼졌다.

로터스 왕국에서 가장 번영한 도시인 파이로 영지의 내성에서는, 여느 때처럼 공사가 한창이었다.

가장 번영한 도시라는 말은 곧, 가장 빠르게 성장하고 있는 도시라는 이야기다.

그 어느 영지보다도 가장 많은 세금이 걷히는 파이로 영지는, 지금도 쉴 틈 없이 새로운 건물들이 들어서고 있었다.

그리고 파이로 영지는 다른 왕국들과 국경이 맞닿아 있기 때문에, 요새를 비롯한 방어 시설이 가장 잘 갖춰져 있는 곳이었다.

아마 성곽이나 방어 타워의 티어는 NPC의 왕국들과 비교하더라도 가장 뛰어난 수준일 것이었다.

"잠깐! 그쪽이 아니고 이쪽이라네, 한. 조금만 더 왼쪽으로 틀어 봐!"

"오, 그렇군! 그레이엄, 그대는 정말 대단한 건축가일세. 역시 폐하께서 중용하시는 이유가 있다는 말이지."

"크하핫, 당연하지. 나는 콜로나르 대륙 최고의 건축가니까 말이야!"

"오오오!"

백발이 성성한 '그레이엄'라는 이름의 유저.

그리고 그와 훈훈한 대화를 나누는 드워프 한.

두 사람의 인연은, 벌써 1년이 넘게 이어져 오고 있었다.

물론 두 사람을 이어 준 중매인은, 당연히 이안이었다.

'크으, 현실에는 왜 이런 친구가 없을까? 내 건축 철학을 이해해 줄 수 있는 친구를 가상현실 게임 안에서 만나게 될 줄이야…….'

한국대학교 건축과의 교수이자, 이진욱 교수의 절친한 친구인 박시형.

그의 카일란 아이디가 바로 '그레이엄'이었다.

'휴우, 마음 같아서는 교수고 뭐고 다 접고 하루 종일 카일란 안에서만 살고 싶은데 말이지.'

그레이엄, 아니, '박시형'은 사실 게임을 별로 좋아하는 인물이 아니었다.

게임을 좋아할 나이가 아니기도 하거니와 세상에서 '건축'이 가장 재밌다고 생각했기 때문이었다.

게다가 평소에 게임에만 빠져 있는 아들들 때문에 오히려 게임이라면 진절머리를 치던 인물이었던 것.

하지만 이진욱의 꼬드김으로 카일란을 시작하고 나서는 그 생각이 완벽히 달라졌다.

요즘은 오히려, 시형의 아들들이 그의 게임을 자제시키는 수준이 되어 버린 것이다.

그리고 이렇게 된 이유는 간단했다.

'카일란'에서는 그가 좋아하는 건축을 무한정 할 수 있었던 것이다.

애초에 게임이라면 고개를 젓던 그가 이진욱의 꾐에 넘어간 것도 그 때문이었고 말이다.

처음에는 게임이라기에 현실 고증이 많이 부족할 것이라 생각했었다.

그래도 호기심에 '한번 구경이나 해 보자'라는 마음으로 시작해 보았던 것인데, 그대로 카일란의 세계에 빨려 들어오고 말았다.

마치 블랙홀처럼 말이다.

"대체 이 게임의 물리엔진은 어떻게 만든 거지? 역대 노벨 물리학상 수상자들이 단체로 투입되어 만들기라도 한 건가?"

"이건…… 정말 미쳤어! 여기서라면 내가 건축해 보고 싶었던 모든 건물들을 지어 볼 수 있을 거라고!"

그때부터 미친 듯이 게임을 플레이하여 '건축가'라는 직업으로 전직까지 하게 되었다.

하지만 건축가의 길은 험난했다.

건축에 천문학적인 비용이 드는 것은 카일란이라고 해서 현실과 크게 다르지 않았던 것이다.

그는 건축에 필요한 자본을 모으기 위해 열심히 사냥했고, 밤새 노가다를 하는 것도 마다하지 않았다.

그런데 그러던 어느 날, 절친한 친구인 이진욱을 통해 '박진성'이라는 녀석을 소개받게 되었다.

"내가 아끼는 제자일세, 시형. 자네에게 무한한 일거리를 만들어 줄 친구이기도 하지."

이진욱의 말은 정말 한 치의 오차도 없었다.

'이안'이라는 아이디를 가진 진욱의 제자 녀석은 정말 끊임없이 그에게 일을 던져 주었다.

그리고 그것은 시형에게 있어서 축복이었다.

카일란에서 가장 빠른 속도로 성장하는 길드인 로터스.

작은 영지부터 시작해 어엿한 왕국으로 성장하기까지 시

형의 손길이 닿지 않은 도시가 없었던 것이다.

도시계획부터 시작해서 모든 건축물들을 디자인하고 시공할 수 있는 경험은, 그야말로 건축가들의 꿈이라고 할 수 있었다.

"크으, 이 도시가 오롯이 내 손에서 탄생한 작품이라니!"

그리고 뛰어난 건축가였던 시형의 손에서 탄생한 도시들은, 카일란의 그 어떤 도시들보다도 아름다운 경관을 자랑했다.

그것은 그의 자랑이기도 했지만, 분명 로터스의 빠른 성장에도 큰 도움이 되었을 것이었다.

"교수님, 정말 대단해요!"

"후후, 그렇지?"

"이제 밀리네르 영지로 가 주세요."

"음?"

"영지 전반적인 도시계획부터, 전부 교수님께 맡길게요. 예산은 370억 골드예요."

"……!"

그러던 어느 날, 박시형 교수는 '한'이라는 이름을 가진 운명의 지기를 만나게 되었다.

이안이 마계에서 데려왔다는, 짜리몽땅하기 그지없는 난쟁이 NPC.

그는 시형에게 한 가지 제안을 했고, 그것은 시형으로서도 충분히 구미가 당기는 제안이었다.

"인간, 나와 함께 요새를 만들어 보지 않겠나?"

"요새라면 이미 여러 번 설계해 보았네만?"

"아니, 아니. 그런 평범한 요새를 말하는 것이 아닐세."

"……?"

"모든 방어 타워의 사정거리와 공성병력의 동선. 마법사들과 공성병기의 사정거리까지 계산한, 완벽한 요새를 만들어 보자는 말이야."

"오호."

"적어도 수성병력의 열 배 이상은 있어야만 공격할 엄두를 내 볼 수 있는, 그런 완벽한 요새 말이지."

그때부터가 시작이었다, '그레이엄'이라는 아이디가 파이로 영지에 상주하게 된 것은.

애초에 파이로 영지에 지어 놓았던 방어성 또한 그레이엄의 작품이었으나, 한과 머리를 맞대기 시작하면서 전부 뜯어고치기 시작한 것이었다.

그리고 오늘도 여느 때와 마찬가지였다.

제국전쟁 이후 단 한 번도 실전에 써먹어 본 적 없던 요새였으나, 한과 그레이엄은 쉴 새 없이 망치질을 하고 있었다.

그들에게 있어 이 요새는 방어 시설의 개념이라기보다 하나의 '작품' 같은 것이었으니 말이다.

깡- 깡- 깡-!

한의 망치가 움직일 때마다 또 하나의 방어 타워가 조금씩 모습을 갖춰 가기 시작했다.

그리고 그 모습을 보며, 그레이엄은 흡족한 미소를 지었다.

"후후, 만약 여기에 누군가가 떨어진다면 정말 지옥을 맛보게 될 거야."

"그렇겠지. 설계한 우리조차도 어떻게 생겨먹었는지 헷갈리는 이 미로를, 다른 사람들이 어떻게 빠져나가겠어?"

"뭐, 공성병기로 밀어 버리는 방법 말고는 없지 않겠나?"

"공성병기가 여기까지 들어올 수 있다면 말이지."

"크큭. 그렇게 따지자면, 적들이 여기까지 들어오는 것 또한 사실은 불가능한 이야기가 아닌가."

"하긴, 그것도 그렇구면."

한마디 한마디, 궁합이 착착 맞아떨어지는 두 사람이었다.

그런데 그때, 대화를 나누던 그레이엄의 두 눈이 천천히 확대되기 시작했다.

"저, 저기 보시게, 한!"

"왜 그러는가, 그레이엄."

"저기에 포털이 열리고 있어!"

그레이엄의 말에, 한의 고개가 홱 소리를 내며 돌아갔다.

그리고 두 사람의 시선이 머문 곳에는 보랏빛의 포털이 서서히 모습을 드러내고 있었다.

둘은 무슨 영문인지 전혀 알 길이 없었지만, 흥미진진한 표정으로 오더를 내리기 시작했다.

저 포털에서 강력한 적들이 나타난다면, 자신들이 공들여 설계한 요새의 진가를 확인할 수 있을 것이기 때문이었다.

두 사람은 내심, 마계의 웨이브라도 시작되는 것이길 바라고 있었다.

"침입이다! 모든 방어 타워는 포화를 준비하라!"

"저 좌표에 슬로우 트랩을 발동시켜!"

"단 한 놈도 이 요새를 빠져나가게 해서는 안 된다!"

두 사람의 오더와 함께 일사불란하게 움직이기 시작하는 파이로 영지의 수성병력들.

하지만 잠시 후, 잔뜩 기대하고 있던 두 사람은 허탈한 표정이 될 수밖에 없었다.

일렁이는 보랏빛의 게이트에서 강력한 괴물이라도 소환될 줄 알았건만, 왜소하기 그지없는 사람의 형체들이 하나씩 나타났던 것이었다.

심지어 두 사람은 포털에서 누가 나오는지조차 제대로 확인할 수 없었다.

이미 포털이 생성되는 순간, 수십 대의 타워가 그 좌표를 향해 포문을 열고 있었기 때문이었다.

콰쾅- 쾅-!

이어서 그레이엄의 시야에 시스템 메시지들이 주르륵 하고 떠올랐다.

ㅡ방어 타워 'C-76'이, 마계의 유저 '이라한'을 처치하였습니다.

-방어 타워 'C-63'이, 마계의 유저 '사무엘 진'을 처치하였습니다.

-방어 타워 'C-92'가, 마계의 유저 '카르에르'를 처치하였습니다.

그리고 뭔가 급박한 상황이 펼쳐질 줄 알았던 그레이엄은, 고개를 절레절레 저으며 한숨을 푹 내쉬었다.

'휴우, 마계에서 뭔가 버그가 있었던 모양이군. 마계의 초보 유저들을 여기로 보내다니 말이야.'

방어 시설에서 송출되는 시스템 메시지들은 NPC인 한에게는 보이지 않는 것들이었다.

때문에 그레이엄은 속으로만 탄식을 할 뿐이었다.

'이라한? 사무엘 진? 어디서 들어 본 이름인데……. 아무래도 랭커의 아이디를 비슷하게 만든 친구들인 것 같군.'

그레이엄은 건축 외에는 아무 것에도 관심이 없었다.

때문에 수십 대가 넘는 최상급 방어타워들의 공격력이 한 지점에 집중되었을 때, 얼마나 큰 피해를 입힐 수 있는지는 잘 알지 못했다.

실제로 요새를 설계할 때도 대미지 계산과 같은 부분은 한이 전담했으니 말이다.

또한 세상 돌아가는 것에 관심이 없으니, 이라한과 같은 유명한 유저 ID를 보아도 제대로 알아보지 못할 수밖에 없는 것이었다.

'쯧쯧, 저 친구들은 왜 자꾸 넘어오는 거야? 안쓰럽게…….'

그저 카일란의 버그로 인해 희생된 불쌍한 어린양들이라

는 추측만 할 수 있었을 뿐이었다.

눈을 게슴츠레 뜨고 포화 속을 바라보던 한이 그레이엄을 향해 입을 열었다.

"그레이엄, 저들이 누군지 혹시 알아보시겠는가?"

"글쎄, 나는 잘 모르겠네."

"흐음…… . 포털로 뭐가 넘어오는지 도무지 확인이 안 되는구면. 폐하께 보고 드려야 하는데 말이지."

멍한 표정으로 계속해서 포화를 지켜보는 한을 툭툭 건드리며, 그레이엄은 어슬렁어슬렁 걸음을 옮기기 시작했다.

"한, 우리는 다시 일이나 하러 가세."

"그, 그럴까?"

"더 보고 있어 봐야 시간 낭비 아니겠나."

포화 속을 힐끗 응시한 한은 서둘러 걸음을 옮겨 그레이엄의 뒤를 따랐다.

그리고 두 사람이 사라진 자리에는 졸지에 초보 마족 유저들로 오인당한 상위 0.01퍼센트의 랭커들이 영문도 모른 채 죽어 가고 있을 뿐이었다.

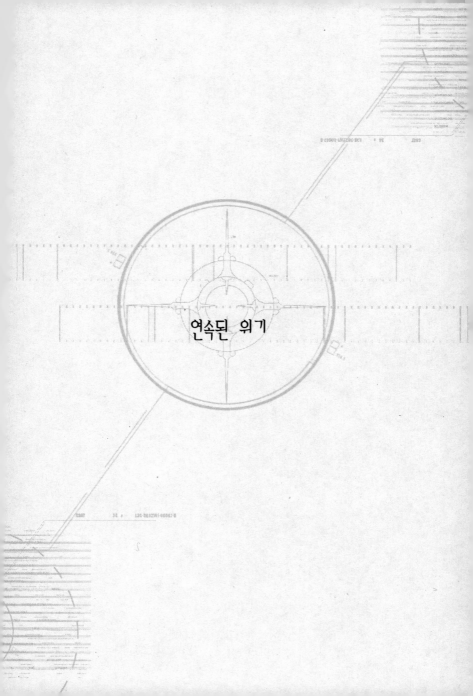

연속된 위기

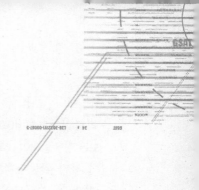

위이잉-.

-카오스 게이트에 입장하였습니다.

-'인간계' 차원으로 이동합니다.

-'팔카치오성 비밀 통로' 필드에 입장하였습니다.

온통 새카만 어둠으로 가득한 곳.

여기저기서 울려 퍼지는 폭발음과 함께 인간계의 유저들과 어둠의 군단이 정신없이 전투를 벌이고 있었다.

그리고 그 광경을 확인한 림룽은 흐뭇한 표정으로 입꼬리를 말아 올렸다.

'후후, 타이밍 한번 제대로군. 다 쓸어 주도록 하지.'

수많은 인간계의 랭커들을 쓸어 담고 얻을 전리품 생각에 림롱은 신이 났다.

 −'리치 킹의 가호' 버프가 부여되었습니다.

 −모든 전투 능력이 대폭 향상됩니다.

 암살자가 활동하기 가장 적합한 시커먼 어둠에 리치 킹의 든든한 버프 지원까지.

 이제 남은 것은 전장을 누비며 전리품들을 수확하는 것뿐이리라.

 스르륵.

 림롱의 신형이 어둠 속으로 스며들었다.

 첫 번째 타깃은 바로 인간계 진영의 후방에 있는 힐러들.

 소리 소문 없는 암살로 후방의 지원을 끊어 내는 것이야말로, 전장에서 암살자의 가장 중요한 역할이라 할 수 있었다.

 '좋았어. 이제 인원이 전부 넘어왔겠지?'

 인간계의 땅을 내딛자마자 전방으로 도약하여 어둠 속에 스며든 림롱은, 슬쩍 고개를 돌려 포털을 응시하였다.

 카오스 게이트는 한 번에 많은 인원이 들어갈 수는 없는 구조였지만, 그래도 지금쯤이면 거의 모든 이들이 이곳으로 왔으리라.

 하지만 다음 순간⋯⋯.

 "⋯⋯!"

 림롱은 본인의 눈을 의심해야만 했다.

 카오스 게이트의 바로 위에 웬 기이한 빛깔의 포털이 하나

더 생성되어 있었고, 넘어온 마계의 유저는 전체 인원의 30 퍼센트도 채 못 되어 보였기 때문이다.

'미친, 이게 어떻게 된 거야?'

림롱이 아무리 눈을 부릅떠 보아도, 보이지 않는 다른 주요 랭커들.

림롱의 머릿속에 가장 먼저 떠오른 것은, 다른 길드의 랭커들이 계획적으로 자신을 함정에 몰아넣은 것이 아닐까 하는 생각이었다.

'혹시 날 엿 먹이려고 작당이라도 한 건가?'

당황한 림롱은 서둘러 채팅 창의 옵션을 열어 파티 채팅을 오픈하였다.

평소 홀로 움직이는 것을 좋아하는 탓에, 그는 파티 채팅을 꺼 두는 편이었다.

그러니 파티 채팅을 열어 보면, 이게 어떻게 된 상황인지 알 수 있을 것이었다.

띠링.

-파티원 '이라한' 유저가 사망하였습니다.

-파티원 '사무엘 진' 유저가 사망하였습니다.

-파티원 '마틴' 유저가 사망하였습니다.

'이게 대체 무슨……!'

파티 채팅을 열자마자 끊임없이 떠오르는 메시지들은, 믿을 수 없게도 유저들이 사망했다는 내용을 담고 있었던 것이다.

심지어 열댓 정도의 유저들이 사망하자, 당황한 나머지 유저들은 게이트를 타지도 않은 상태였다.

림롱은 구석에 몸을 숨긴 채, 황급히 파티 채팅을 하기 시작했다.

-림롱 : 님들, 이거 어떻게 된 상황이죠?

-카리아 : 아, 림롱 님, 살아계셨네요! 그건 저희가 하고 싶은 말이에요. 대체 왜 들어가자마자 다 사망하는 거예요?

-랄크스 : 으, 저도 구석에 지금 숨어 있는데, 이거 아무래도 함정인 것 같습니다.

-림롱 : 함정요?

-랄크스 : 네. 저 보라색 포털이 함정인 것 같아요. 제가 옆에서 봤는데, 이동하자마자 저 안으로 빨려 들어간 분들이 전부 사망하시더라고요.

-림롱 : ……!

어이가 없어진 림롱은 빠르게 머리를 굴렸다.

인간계 유저들을 완벽한 함정에 몰아넣었다고 생각하고 있었는데, 되레 그들의 함정에 당하고 만 것이다.

'이건 대체 누구의 계략이지? 이안? 샤크란?'

림롱은 이제야 정황이 완벽히 이해되었다.

인간계 유저들의 '포털 겹치기'에, 자신들이 제대로 당해 버리고 만 것이다.

'나도 운이 좋아서 살아남은 거지, 그대로 뒈질 뻔했군.'

카오스 게이트의 크기는 의문의 보랏빛 포털보다 약간 큰 면적을 차지하고 있다.

때문에 보랏빛 포털의 범위 밖으로 소환된 유저들만 빨려 들어가지 않고 살아남은 것이다.

이것은 이안조차 계산하지 못했던 부분이었으나, 그게 중요한 것은 아니었다.

어차피 마족 유저들의 절반 이상이 의문사한 상황이었고, 나머지 유저들 중 절반은 마계에서 넘어오지도 못하고 있었으니 말이다.

심지어 마계 유저들 중 최상위에 랭크되어 있는 핵심 전력들은, 모조리 죽어 버린 상태였다.

이 상황에서는 아무리 림롱이 머리를 잘 굴려 보아도, 해결책을 찾을 방법이 없었다.

'제기랄! 다시 카오스 게이트를 타고 마계로 돌아가야 하나?'

림롱은 '은신'스킬의 남은 시간을 한 번 확인한 뒤, 입술을 질겅질겅 깨물었다.

인간계 유저들의 손바닥에서 완벽히 놀아난 채 아무것도 해 보지 못하고 마계로 도망치듯 돌아간다면, 너무나도 굴욕적인 기분이 될 것 같았다.

─마틴 : 제기라아아알!

—파티원 '마틴' 유저가 사망하였습니다.

—랄크스 : 음? 마틴 님은 왜 두 번 사망하시는 거죠? 아까 사망 메시지 봤던 것 같은데…….

—림롱 : 부활 아티팩트라도 발동했나 보죠.

—랄크스 : 허얼, 그 비싼 걸…….

—카리아 : 마틴 님 부활 아티펙트 1,700만 골인가 주고 산 걸로 아는데.

—림롱 : 경차 한 대 폐차했다고 생각하면 되죠, 뭐.

—카리아 : …….

농담처럼 채팅을 하지만, 림롱은 전혀 농담을 하고 싶은 상황이 아니었다.

'뭐라도 해야 돼. 이대로 무력하게 마계로 돌아갈 순 없어.'

심지어 마계로 돌아가는 것도 쉬운 일만은 아니었다.

좌표를 살짝 잘못 밟기라도 한다면, 마틴이나 이라한처럼 그대로 검정 화면을 보게 될 것이었다.

'랭커라도 몇 놈 따고 돌아갈까? 아니면 몰래 남아 있다가 뒤를 기약해?'

머리를 팽팽 회전시키며, 림롱은 전장 여기저기를 둘러보았다.

그런데 그때, 그의 눈앞에 구원과도 같은 시스템 메시지가 떠올랐다.

띠링—!

－특별한 조건을 충족하였습니다!

－'리치 킹의 지원 요청 II (히든)(돌발)' 퀘스트가 발동합니다.

그리고 퀘스트의 내용을 빠르게 확인한 림롱의 한쪽 입꼬리가 씨익 말려 올라갔다.

"하, 하하…….."

털썩－.

리모콘이 으스러져라 한 손으로 꾹 쥔 채, 긴장된 표정으로 TV를 시청하던 한 남자.

나지찬은 고개를 절레절레 저으며 소파에 털썩 주저앉았다.

"뭐 저런 참신한 놈이 다 있어?"

포털에 다른 포털을 겹쳐 다른 곳으로 보내 버리는 전략.

사실 이것은, 머리를 굴리다 보면 충분히 생각할 수 있을 만한 방법이기는 했다.

이안이 수정구를 꺼내 드는 순간, 나지찬 또한 이안의 생각을 알아채고는 곧바로 자리에서 벌떡 일어났으니 말이다.

하지만 나지찬이 놀라는 이유는 이안의 순발력과 임기응변 능력 때문이었다.

이안은 책상에 앉아 문제를 풀 듯 가만히 정신을 집중하여 이 전략을 떠올린 것이 아니었다.

정신없이 전투가 이어지는 전장에서 수많은 소환수들을 컨트롤 해 가는 와중에, 이런 아이디어를 떠올린 것이다.

게다가 이안에게 주어졌던 시간은 아이디어를 생각해 내기에도 무척이나 짧은 시간이었다.

여러모로 놀라운 대응 능력이 아닐 수 없었다.

"후우, 내가 아직도 이안을 과소평가하고 있었던 건가?"

본인이 현장에 있기라도 한 것인지, 어느새 땀으로 흥건히 젖은 나지찬.

그는 이마에 흘러내리는 땀을 살짝 훔쳐 내며, 다시 TV 화면에 집중하기 시작했다.

"자, 그럼 이제 생각을 달리해야겠어. 어쩌면 이안이 마지막 남은 함정조차 피해 갈 수 있을지도 모르니 말이야."

나지찬의 표정에서 놀라움이 가시고, 다시 흥미로움이 가득 들어찼다.

인간계 유저들에게 닥칠 위기가 아직 끝이 아니라는 것은 그만이 알고 있었기 때문이었다.

들이닥칠 마계의 유저들을 성공적으로 저지하면서 첫 번째 난관은 극복하였지만, 이 뒤에 남아 있는 난관은 아예 극복이 불가능해 보이는 함정이었다.

'지금쯤이면 마계의 생존자에게 리치 킹의 지원 요청Ⅱ 퀘스트가 주어졌겠지. 퀘스트를 받아 들어온 마계의 유저들 중 절반 이상이 사망하면 발동되는 퀘스트니까.'

나지찬의 예상처럼, 현재 전장에 성공적으로 진입하여 생존해 있는 마계의 유저들에게는 돌발 퀘스트인 '리치 킹의 지원 요청 Ⅱ' 퀘스트가 부여되어 있었다.

그리고 그 퀘스트의 내용은, 간단히 말해 이 던전을 폭파하라는 것이었다.

"이안……. 던전이 무너지고 난 다음에도 네가 살아남을 수 있을까?"

마계의 지원군들이 제대로 힘을 쓰지 못하는 이상, 인간계의 유저들은 이제 금방 카오스 게이트를 파괴할 수 있을 것이다.

그리고 던전의 조금 더 깊숙한 곳까지 진입하면, '어둠의 결정체'를 만나게 될 것이었다.

'인간계 유저들이 살아남기 위해선, 마계의 유저들보다 빨리 어둠의 결정체를 발견해야겠지. 그게 작동되는 순간, 파멸일 테니 말이야.'

하지만 정황상 인간계 유저들이 어둠의 결정체를 먼저 발견하는 것은 '불가능'에 가까운 일이었다.

지금 인간계 유저들은 그런 것이 있다는 사실조차 모르는 상태였고, 마계의 유저들에게는 지령이 떨어졌으니 말이다.

하지만 나지찬은 이제 '불가능'이라는 단어를 함부로 말하지도, 생각하지도 않기로 했다.

"자, 이번에는 어떤 방법으로 극복할 테냐? 얼른 보여 달라고, 이안갓."

오히려 나지찬은 이안이 이번에도 함정을 극복해 낼지도
모른다고 생각했다.

그는 어느새 기획자의 본분을 잊은 채, 이안을 응원하고
있었다.

몰려드는 언데드들을 거의 다 처치한 인간계 유저들은, 카
오스 게이트의 앞으로 모여 열심히 게이트를 부수고 있었다.

그리고 그들의 입에서는 끊임없이 감탄사가 흘러나왔다.

"크, 저 포털 대체 뭐임?"

"캬……. 이안 님, 대체 무슨 마술을 부린 겁니까?"

그리고 그 와중에, 이안이 오픈한 포털이 뭔지 정확히 알
고 있는 훈이는 홀로 고개를 절레절레 젓고 있었다.

'역시 저 형이랑 적이 되면 안 된다니까. 난 이 게임 접을
때까지 저 형 뒤만 졸졸 따라다녀야겠어.'

과거 이안과 틀어질 뻔했던 순간들을 생각하며 가슴을 쓸
어내리는 훈이였다.

그리고 이안의 옆으로 슬쩍 다가간 훈이가 조심스레 그에
게 물었다.

"형."

"왜?"

"어디로 보냈어?"

차원 게이트를 어디로 연 것인지, 너무나 궁금했기 때문이었다.

"궁금하면 한번 들어가 보든가. 안으로 던져 줄까?"

"히익……!"

이안의 말에, 훈이는 손사래를 치며 멀찍이 도망가 버렸다.

그리고 그것은 당연한 수순이었다.

저 너머에 무슨 지옥도가 펼쳐져 있을지 알 수 없는 마당에, 들어가 본다는 것은 자살행위였으니까.

이번에는 옆에서 열심히 게이트에 딜을 넣고 있던 샤크란이, 이안에게 물었다.

"그나저나 꼬마, 이 게이트는 계속 부술 필요가 있는 건가?"

"퀘스트 깨야죠."

"어차피 퀘스트 클리어는 물 건너갔잖아? 제한 시간 이미 지났는데."

"그거, 제한 시간이 아니고 게이트 발동 시간이에요. 퀘스트 클리어는 그 시간이랑 무관할걸요? 한번 퀘스트 창 열어서 확인해 보시죠."

"어, 진짜네."

그 와중에 퀘스트의 내용조차 토시 하나 틀리지 않고 기억하는 이안의 모습에, 유저들은 혀를 내두르며 집중해서 카오스 게이트를 공격하였다.

그리고 잠시 후.

띠링—!

—'카오스 게이트'를 파괴하는 데 성공하셨습니다!

—'카오스 게이트를 파괴하라(히든)(돌발)' 퀘스트를 성공적으로 완수하셨습니다.

—경험치를 120,930,000만큼 획득하였습니다.

—명성치를 10만만큼 획득하였습니다.

퀘스트 완료 메시지가 떠오르며, 커다랗게 생성되어 있던 붉은 게이트가 스르륵 모습을 감추었다.

그리고 짭짤한 보상에, 유저들은 만족스런 표정이 되었다.

"크, 이제 빨리 안으로 밀고 들어가죠?"

"그럽시다. 여기만 뚫으면 이제 팔카치오 내성 아닙니까?"

신이 나서 의욕적으로 걸음을 옮기는 원정대의 유저들.

그런데 그때, 방심하고 있던 유저들의 눈앞에, 생각지도 못했던 시스템 메시지가 또다시 떠올랐다.

띠링—!

—'비밀 통로 폭파 저지' 퀘스트가 발동되었습니다.

—아, 이게 어떻게 된 일인가요, 하인스 님?

-잠시만 기다려 주세요. 그렇지 않아도 지금 어떻게 된 일인지 알아
보기 위해 YTBC 직원들이 사방으로 뛰고 있습니다.

　-이안이 소환한 보랏빛의 포털은 대체 뭘까요?

　-아직 확실하지는 않지만 제 추측으로는, '포털 겹치기'를 이용한 이
안의 기발한 전략인 것 같습니다.

　-포털 겹치기……라고요?

　-예. 마계의 병력들이 몰려 들어올 포털 위에 다른 포털을 겹쳐 열어
서, 포털을 타고 들어온 이들을 다른 곳으로 보내 버리는 거죠.

　-아, 그럴 수가……!

　-마계에서 어떤 이들이 왔으며 어디로 보내졌는지는 확인해 봐야 알
겠지만, 이안갓의 임기응변 능력은 정말 어마어마하군요!

　-그러게 말이에요. 하인스 님 덕분에 이제 어떻게 된 상황인지 알 것
같아요. 하인스 님의 게임 이해도는 역시 대단하신 것 같아요.

　-하핫, 과찬의 말씀을요.

　-그나저나 하인스 님.

　-말씀하시죠, 루시아 님.

　-그럼, 이안의 포털 겹치기에 당하지 않은 몇몇 마계의 유저들은 어
떻게 그 함정을 피할 수 있었던 건가요?

　-그야 운이죠.

　-네?

　-그냥 운이 좋아서, 포털 위치에서 약간 벗어난 좌표에 떨어진 겁니다.

　-아하!

-그런데 생각해 보니, 그게 운이 좋다고 하기도 좀 애매하네요. 어쩌면 운이 더 안 좋은 것일 수도 있어요.

　-왜죠?

　-포털을 통해 다른 곳으로 이동된 유저들은, 어쩌면 살아남았을지도 모르잖아요? 반면에 이 전장 안에 남겨진 마계 유저들은 죄다 사망 페널티를 면치 못할 거예요.

　-호호, 그것도 그러네요. 그렇게 말씀하시니, 저 포털 안쪽에 뭐가 있는지 정말 궁금한데요?

　-하하핫, 저도 마찬가집니다, 루시아 님. 이제 곧 알 수 있게 되겠지요.

　쾅-!

　지직- 지지직-!

　커다란 충돌음과 함께 거실의 한쪽 벽을 가득 채울 만큼 커다란 TV의 스크린이 까맣게 터져 나갔다.

　TV를 보고 있던 남자가 분노를 이기지 못하고 화면을 향해 리모컨을 던진 탓이었다.

　"이안, 이노옴……!"

　남자의 정체는 바로 이라한.

　영문도 모른 채 사망한 그는, 로그아웃한 즉시 카일란의 본사에 전화를 걸었었다.

　버그로 인해 사망하였으니 페널티 복구해 달라는 문의 전화를 한 것이다.

　다시 접속해서 해야만 할 일이 있으니, 1초라도 빨리 캐릭터를 복구해 달라는 것.

한 치 의심 없이 버그로 인한 사망이라고 생각한 이라한은 상담원을 다그쳤지만, 전화 너머로 들려오는 목소리는 한결같았다.

"고객님, 정상적인 게임 플레이 도중에 발생한 게임 오버입니다. 도움 드리지 못해 죄송합니다."

이라한으로서는 도저히 믿을 수 없는, 그야말로 말도 안되는 답변이었다.

분노를 못 이기고 씩씩거리던 이라한이 그 다음으로 한 것은, 바로 TV를 켜는 것이었다.

어떻게 된 일인지 확인하기 위해서, YTBC의 방송을 켜본 것이다.

그리고 바로 지금, 방송을 통해 확인한 진실은 그야말로 충격적인 것이었다.

이안의 비겁하고 비열하기 그지없는 계략으로 인해 자신이 사망했다는 사실을 깨달아 버리고 만 것이었다.

"으아아, 이안, 이 씹어 먹어도 시원치 않을 노옴!"

분노에 찬 이라한은 씩씩거리며 연신 소리를 내질렀다.

하지만 할 수 있는 것은 아무것도 없었다.

이라한이 할 수 있는 것이라고는, 그저 얌전히 데스 페널티가 끝나기만을 기다리는 것뿐.

그리고 한참을 씩씩거리다 보니, 문득 생각나는 것이 하나 있었다.

"이번에야말로 이안 놈을 제대로 박살내 줘야겠어."

"후후, 자신 있으십니까?"

"물론. 이 유리한 상황에서도 놈을 잡지 못한다면, 캐릭터 삭제하고 카일란 접어야지 않겠나."

"거, 지킬 수 있는 약속만 하시는 게 좋지 않겠소?"

얄밉기 그지없는 사무엘 진의 기생오라비같이 하얀 얼굴이 떠오름과 동시에, 그와 했던 대화가 생각나고 만 것이었다.

"하아, 제기랄."

이제는 화 낼 힘조차 없어진 이라한이 그대로 소파에 털썩 주저앉았다.

이번에도 이안을 잡지 못한다면, 캐릭터를 삭제하고 카일란을 접겠다는 자신의 호언장담.

간사하기 그지없는 사무엘 진이 그 장담을 기억하지 못할 리 없기 때문이었다.

"아니야, 이건 정당한 대결이 아니었어. 난 캐릭터를 삭제할 이유가 없다고."

뭐에 홀리기라도 한 듯, 고개를 도리도리 저으며 연신 중얼거리는 이라한.

　이라한은 최선을 다해 자기합리화를 하기 시작했다.

　"그래, 내가 이안이랑 검을 직접 맞대 본 것도 아니고…….
야비한 수에 당한 것뿐인데 약속을 지킬 필요는 없겠지."

　이성으로는 말도 안 되는 합리화라는 것을 이라한도 잘 알
고 있었다.

　어쨌든 이라한이 했던 장담은 '이안을 이번에도 잡지 못하
면 캐릭터를 접겠다.'라는 것이었으니 말이다.

　하지만 본능은 그 사실을 계속해서 부정하고 있었다.

　"그래, 데스 페널티만 끝나면, 내가 어떻게든 놈을 처치하
러 가야겠어. 그래야 사무엘 진 그 짜증나는 놈한테 할 말이
생기겠지."

　이미 이성을 잃은 이라한은 카오스 게이트가 파괴되어 인
간계로 갈 수 있는 방법이 사라졌다는 사실도 망각한 모양이
었다.

　'비밀 통로 폭파 저지……라고?'

　퀘스트의 내용을 전부 읽은 이안은 머릿속에서 경종이 울
리는 듯한 느낌을 받았다.

　'이거, 진짜 위험해. 어떻게든 막아야 해!'

현재 원정대의 유저들이 있는 던전은 땅속 깊숙한 곳에 뚫려 있는 비밀 통로였다.

이곳이 무너진다면, 그야말로 살아날 방법 자체가 없어지는 것이다.

'그렇지 않아도 시간이 부족한데, 24시간 데스 페널티까지 받으면 너무 어려워져.'

이안은 이를 악문 채, 빠르게 할리의 위로 올라탔다.

"여러분, 시간이 없어요! 최대한 빨리 저 안쪽으로 이동해야 합니다!"

그리고 이안과 마찬가지로 상황을 파악한 랭커들은 서둘러 움직이기 시작했다.

이안만큼 상황 판단이 뛰어나지는 않을지언정, 그들 또한 카일란 최상위의 랭커들이었다.

퀘스트 창을 확인했다면, 지금이 어떤 상황인지 정도는 깨달을 수 있는 것이다.

"마법사, 헤이스트!"

"암살자들은 먼저 뛰어!"

할리의 고유 능력까지 발동시킨 이안은, 정신없이 던전을 헤치고 안쪽으로 파고들었다.

몇몇 언데드 몬스터들이 앞길을 막았지만, 이안은 대부분의 몬스터를 무시하고 안쪽으로 침투하였다.

놈들을 공격할 시간 따위는 없었기 때문이었다.

'으, 다 죽였다고 생각했는데…….'

차원의 게이트로 들어가지 못하고 던전에 남은 마계의 유저들은, 오래 버티지 못하고 원정대 유저들의 손에 사냥당했다.

때문에 이안은 생존해 있는 마계 유저가 있을 것이라고 생각지도 못한 것이었다.

'내가 너무 안일했어. 좀 더 치밀했어야 했는데…….'

이안은 자책했지만, 사실 그가 안일했던 부분은 없다고 봐도 무방했다.

던전 폭파 퀘스트 같은 것이 생성될 것임을 미리 알고 있지 않고서야, 마계의 생존자를 신경 쓸 이유가 없었던 것이다.

어쨌든 날벼락을 맞은 이안과 원정대 유저들은, 젖 먹던 힘까지 다하여 언데드들을 뚫고 움직였다.

그렇게 20여 분 정도가 지났을까?

띠링-!

원정대 유저들의 눈앞에, 암울하기 그지없는 시스템 메시지가 떠올랐다.

-'어둠의 결정체'들이 마기에 반응하기 시작합니다.

-잠들어 있던 어둠의 힘이 깨어납니다.

-잠시 후, 어둠의 결정체가 순차적으로 폭발합니다.

-폭발까지 남은 시간 : 00:04:59

"하……."

메시지를 확인하자마자, 이안의 입에서 짧은 탄식이 흘러나왔다.

순간적으로 오만 가지 생각이 머릿속을 스치고 지나간 것이었다.

'제기랄, 이럴 줄 알았으면……. 카오스 게이트를 부술 게 아니라 우리도 차원 게이트를 탔어야 했는데.'

이안이 소환한 차원문은 일정 시간이 지나면 닫히게 된다.

그리고 그 시간은 그렇게까지 길지 않았다.

즉, 던전 폭발이 기정사실화된 이 순간, 포털을 오픈할 방법이 사라져 버린 것이다.

혹시나 하는 마음에 귀환석을 사용해 보았지만, 떠오르는 메시지는 역시 예상했던 그대로였다.

-'귀환석' 아이템을 사용할 수 없는 지역입니다.

-던전을 클리어해야만 세이브 포인트로 귀환할 수 있습니다.

그야말로 절망적이기 그지없는 상황.

원정대의 유저들은 거의 체념하는 분위기였고, 시간은 계속해서 흐르고 있었다.

하지만 이안은 이대로 포기할 생각이 전혀 없었다.

'잘 생각해 보면 뭔가 또 방법이 있을 거야. 아까도 충분히 절망적인 상황이었지만, 극복했잖아?'

이안은 정령왕의 심판을 치켜들며, 원정대 유저들에게 큰 소리로 오더를 내렸다.

"안쪽으로 좀 더 들어가 봅시다!"

이안의 외침에, 유저 하나가 간절한 목소리로 물었다.

"이안 님, 뭔가 방법이 있으신 건가요?"

"아뇨. 하지만 찾아봐야죠."

"크흑……."

"이대로 던전이 무너지기를 기다릴 수는 없지 않습니까?"

말을 마친 이안은 걸음을 돌려 던전 안쪽으로 향했다.

"그래, 저 녀석 말이 맞다. 모두 일어나! 이대로 포기하는 게 가장 멍청한 짓이라고!"

이어서 샤크란이, 이안을 따라 걸음을 움직였다.

그리고 두 사람의 뒤를 따라서 원정대 유저들이 힘없는 발걸음으로 이동하기 시작했다.

"흐흐, 으하핫!"

새카만 불길에 휩싸여 활활 불타오르는 세 개의 어둠의 구체.

그것을 지켜보는 림롱의 얼굴에는 기분 좋은 미소가 걸려 있었다.

"인간계 놈들, 이젠 완전히 포기해 버리기라도 한 건가?"

세 개의 어둠의 결정 뒤에는 까만 포털이 하나 열려 있었다.

그 포털은 바로, 림롱이 던전을 빠져나갈 수 있도록 리치 킹이 열어 준 탈출구.

림롱이 그 안으로 들어가는 순간 포털은 없어질 것이고, 인간계의 유저들은 이 폭발하는 던전 안에 완벽히 갇히게 될 것이었다.

빠져나갈 수 있는 구멍은, 정말 단 한 군데도 없었다.

'뭐, 시간이 30분 정도라도 있었다면, 비밀 통로의 철문을 파괴하고 나갈 수도 있었겠지만 말이야.'

이 구간을 지나 던전의 깊숙한 곳으로 이동한다면, 내성으로 통하는 철문이 나타날 것이었다.

하지만 지금 이 상황에서 5분 내로 철문을 찾아내고, 또 그것을 파괴한다는 것은 정말 불가능하다고밖에 설명할 수 없었다.

"이안, 이 녀석이 포기했을 리가 없는데……. 얼른 여기까지 와서 좌절하는 모습을 보여 달라고."

림롱이 포털을 타지 않고 던전 안에서 기다리고 있는 것은 다름 아닌 이안과 인간계의 유저들이었다.

그는 인간계의 유저들이 절망에 빠진 모습을 보면서, 결국 자신이 승리했다는 사실을 만끽하고 싶었던 것이다.

림롱의 시선이 시야 한쪽 구석에 떠올라 있는 시스템 메시지를 향해 움직였다.

ㅡ폭발까지 남은 시간 : 00:00:47

'후후, 47초라……. 이제는 운영자가 빙의해도 여기서 살

아 나갈 수 있는 방법 따윈 없겠지.'

림롱의 입꼬리가 씨익 말려 올라갔다.

던전 안쪽에서 허겁지겁 달려오고 있는 이안과 샤크란의
모습이 보였기 때문이었다.

"크큭, 주인공들께서 드디어 오시는군!"

어느새 폭발까지 남은 시간은, 20초대까지 떨어졌다.

숨을 헐떡이며 어둠의 결정 앞에 도착한 이안과 샤크란을
향해 림롱이 비웃음을 날려 주었다.

"이안, 네 전략은 충분히 기발했다. 하마터면 이 몸까지
죽어 버릴 뻔했다는 말이지."

림롱의 웃음기 어린 비아냥에, 이안이 얼굴을 살짝 찌푸리
며 대꾸했다.

"누가 살아남아서 이런 짓거리를 벌이나 했는데……. 림
롱, 네 녀석이었군."

"후후, 여기까지 오느라 고생 많았다. 이제 그만 로그아웃
할 준비나 하도록."

던전이 무너져 내리는 것은, 외통수라고 할 수 있었다.

무적이나 부활 아티팩트를 사용한다고 하더라도, 죽음을
면할 수 없는 상황인 것이다.

폭발로 인한 대미지로 사망하는 것이 아닌 던전 자체가 무
너짐으로 인한 사망이기 때문이었다.

림롱은 이안의 구겨진 표정을 보기 위해 그의 얼굴을 향해

시선을 돌렸다.

하지만 얼굴이 구겨진 것은 오히려 림롱이었다.

이안의 표정이 림롱이 상상하던 모습과 전혀 달랐기 때문이었다.

"자, 다 씨부렸으면 얼른 도망이나 가시지 그래?"

"……?"

"저 개구멍으로 도망갈 생각 아니었어?"

오히려 림롱을 향해 비웃음을 날리는 이안이었다.

림롱은 이안에게 묻고 싶은 것이 많았지만, 서둘러 포털을 향해 몸을 날려야만 했다.

던전이 폭발하기까지, 이제 10초도 채 남지 않았기 때문이었다.

"뭘 믿고 허세를 부리는 건지는 모르겠지만, 패기 하나는 대단하군."

"그야, 잠시 후면 알게 되지 않겠어?"

림롱의 시선이 다시 이안을 향했다.

이어서 그의 눈에 들어온 이안의 표정은, 한 치의 거짓도 묻어 있지 않았다.

'이놈, 정말 살아나갈 방법이라도 있는 건가?'

결국 림롱은 찜찜한 마음을 거두지 못한 채 포털 안으로 들어갔다.

이안의 믿는 구석이 뭔지 확인하기 위해, 목숨을 걸 필요는 없었으니 말이다.

그리고 잠시 후, 주먹만 하던 어둠의 결정체들이 커다랗게
부풀어 오르기 시작하였다.

시커먼 어둠의 기운이 이글거리는, 총 세 개의 어둠의 결정.

그리고 셋 중 하나만 폭발하더라도 던전이 무너져 내리는
절체절명의 상황이었다.

처음 퀘스트 창을 확인했을 때, 이안이 가장 먼저 떠올린
것은 '닉'의 고유 능력이었다.

닉이 가진 최고의 능력이랄 수 있는 '태양신의 비호'가 떠
오른 것이다.

어둠의 결정들이 폭발하는 타이밍에 맞춰 태양신의 비호
를 발동시킨다면 폭발을 흡수할 수 있을 테니 말이다.

하지만 여기에는 한 가지 큰 허점이 있었다.

'세 개의 덩어리가 어떤 식으로 폭발할지 알 수 없다는 거
지.'

만약 세 개의 어둠의 결정이 동시에 폭발한다면, 이 방법
은 충분히 시도해 볼 만한 가치가 있었다.

하지만 만약 셋 중의 하나라도 태양신의 비호가 지속되는
시간보다 늦게 폭발한다면, 그것은 재앙일 것이었다.

'그렇다고 보호막을 쓸 수도 없는 노릇인데……. 정말 애
매하네.'

보호막은 아무리 강력한 피해도 한 번은 완벽히 막아 준다는 특성을 가지고 있다.

그러나 지금 상황에서 보호막이 답이 될 수 없는 이유는, 무려 두 가지나 있었다.

첫째로 보호막을 써서 유저들을 지켜 낸다 하더라도, 폭발로 인해 던전이 무너지면 그대로 게임 오버라는 점.

두 번째로는, 폭발이 한 번이 아니라는 점이었다.

한 번의 폭발이 아닌 연속되는 세 번 폭발이기 때문에, 보호막으로는 어찌할 방법이 없는 것이다.

한 번의 폭발로 모든 보호막이 벗겨져 나갈 것임은 분명했고, 두 번째 결정이 폭발하는 순간 모두 검정 화면을 보고 있을 것이었다.

이안은 머리에 쥐가 나도록 생각을 거듭했다.

하지만 머리를 쥐어짜면 짤수록, 뭔가 더 답답해지는 기분이었다.

'어떻게 해야 할까…….'

멀찍이 커다란 공터가 보이고, 허공에 두둥실 떠올라 있는 세 개의 어둠 결정이 나타났다.

그리고 그 뒤에는 의기양양한 표정으로 서 있는 림롱이 보였다.

그는 이죽거리는 목소리로 이안 일행을 향해 입을 열었다.

"크큭, 주인공들께서 드디어 오시는군!"

림롱을 확인한 이안의 미간이 살짝 좁아졌다.

'저놈이 생존자였군. 운도 좋은 놈…….'

마계 최강의 암살자 랭커인 림롱.

하필 운 좋게 살아남은 랭커가 암살자인 림롱이었기 때문에, 이렇게 난감한 상황이 되어 버리고 만 것이다.

림롱이 아니라 이라한이나 마틴 같은 전사 클래스의 유저가 살아남았더라면, 살아서 어둠의 결정까지 도달하지 못했을 테니 말이다.

림롱은 계속해서 이죽거렸다.

"이안, 네 전략은 충분히 기발했다. 하마터면 이 몸까지 죽어 버릴 뻔 했다는 말이지."

"누가 살아남아서 이런 짓거리를 벌이나 했는데……. 림롱, 네 녀석이었군."

"후후, 여기까지 오느라 고생 많았다. 이제 그만 로그아웃할 준비나 하도록."

이안은 대화를 하는 와중에도 계속해서 머리를 굴렸다.

이 1초, 1초가 정말 피 말리는 시간이었기 때문에, 림롱의 비아냥에 기분이 상할 틈도 없었다.

빠르게 지형을 스캔한 이안은 림롱의 뒤에 생성되어 있는 새카만 포털을 발견하였다.

'림롱 이 녀석, 우릴 약 올리기 위해 기다리고 있었던 거군.'

모르긴 몰라도 림롱이 저 포털로 들어가는 순간, 포털은

닫혀 버릴 것이었다.

　그렇다고 저 안으로 이안 자신이 먼저 몸을 날리는 것도 무의미한 시도였다.

　저 포털 안에 뭐가 있을지도 모르거니와, 혼자 넘어간다고 해서 달라지는 것은 없을 것이기 때문이었다.

　때문에 이안은 엉뚱한 생각을 떠올렸다.

　'저 어둠의 결정들을 보따리에 담아다가 저 포털 안으로 확 같이 집어넣어 버리면 좋겠네.'

　물론 그런 것이 가능할 리는 없었다.

　어둠의 결정에 잘못 손을 댔다가 폭발이라도 한다면, 그대로 전멸할 테니 말이다.

　이안 또한 이것은 그냥 홧김에 떠올려 본 생각이었을 뿐이었다.

　그런데 그 순간…….

　"……!"

　이안의 두 눈이 커다랗게 확대되기 시작했다.

　'그래! 내가 왜 이 생각을 못 했었지?'

　이안의 시선이 다시 림롱을 향해 돌아갔다.

　그리고 그의 눈에 능글맞은 표정으로 자신을 응시하는 림롱이 들어왔다.

　하지만 그와 별개로 이안은 머릿속이 맑아지는 것을 느꼈다.

이안은 씨익 웃으며 입을 열었다.

"자, 다 시부렸으면 얼른 도망이나 가시지 그래?"

"······?"

"저 개구멍으로 도망갈 생각 아니었어?"

"엇, 이게 무슨 상황인가요? 갑자기 이안의 분위기가 완전히 달라졌어요!"

"그러게요. 이안에게 지금의 상황을 벗어날 방법이라도 생긴 것일까요?"

"글쎄요. 제 머리로는 도저히 방법이 떠오르지 않는데······."

"그렇다면 단지 허세일까요?"

"그건 또 아닌 것 같습니다. 지금 이안의 저 표정에는 자신감이 가득 차 있거든요."

실시간으로 이안과 원정대의 전투를 중계하고 있는 하인스.

벌써 중계를 시작한 지 한나절이 다 지나가고 있었지만, 그들의 표정에는 지친 기색이 전혀 없었다.

상황을 해설하는 그들 또한, 지금의 상황이 너무도 흥미진진했기 때문이었다.

'이안, 대체 이번엔 또 뭘 보여 주려고 이러는 거냐.'

하인스의 눈은 그 어느 때보다 초롱초롱했다.

그는 카일란 방송을 해설하는 캐스터이기에 앞서, 카일란
의 열렬한 팬인 것이다.

하지만 그렇다고 해서 일이 힘들지 않은 것은 아니었다.

아무리 좋아하고 재밌는 일이라 하여도, 그것이 일이 되는
순간 힘들어지는 게 사람이었으니까.

게다가 카일란 생방송의 경우, 오늘처럼 한도 끝도 없이
방송이 길어지는 경우가 잦았다.

때문에 카일란의 해설자는 어지간한 체력으로는 감당하기
힘든 극한 직업으로 알려져 있기도 했다.

방송이 한 번 끝나고 나면, 그대로 녹초가 되어 버리니 말
이다.

하지만 오늘만큼은 아니었다.

거의 10시간에 가까운 방송 시간 동안 쉬는 시간이라고는
10분씩 두 번에 불과했지만, 배고픈 것조차도 느껴지지 않
았다.

이 박진감 넘치는 방송은 하인스의 머리가 다른 생각 자체
를 하지 못하도록 만들었다.

'대체 뭘까? 여길 대체 어떻게 빠져나갈 생각인 거지?'

이제 폭발까지 남은 시간은 단 5초.

이안이 할 수 있는 선택지는 정말 한정되어 있었다.

만약 이 상황마저 이안이 해결한다면, 하인스는 속된말로
오줌을 지릴 수도 있을 것 같았다.

"4초 남았습니다!"

"3초! 2초! 1초!"

흥분한 하인스와 루시아가 연신 남은 시간을 외친다.

심지어 3초가 남았을 때까지도, 이안은 아무런 움직임을 보이지 않고 자신감 넘치는 표정으로 서 있었다.

그리고 그 여유로운 모습은, 이 일촉즉발의 상황과 대비되어 더욱 긴장을 고조시켰다.

그런데 그때, 이안의 뒤에 서있던 훈이가 돌연 어둠의 결정을 향해 걸음을 떼었다.

하인스와 루시아를 비롯한 수많은 시청자들이 보기에, 이안은 정말 아무런 대책이 없어 보일 수밖에 없었다.

점점 부풀어 오르는 세 개의 어둠의 결정 앞에서, 말 그대로 아무런 움직임도 보이지 않은 채 가만히 서 있었기 때문이다.

시청자들이 확인할 수 있는 것은, 다만 여유 넘치는 이안의 표정 뿐.

하지만 실상은 그와 전혀 달랐다.

–이안 : 빨리! 시간 없어, 인마! 얼른 소환하라고!

－간지훈이 : 아니, 그래서 어쩔 생각인데, 형?

　－이안 : 일단 시키는 대로 해! 3초 남았어, 인마!

　겉으로는 아무런 움직임을 보이고 있지 않았지만, 훈이와 긴박하기 그지없는 메시지를 주고받고 있었던 것이다.

　어쨌든 다른 무언가를 해 볼 수 있는 시간적 여유가 없었기 때문에, 결국 훈이는 이안이 시키는 대로 앞으로 나섰다.

　그렇게 이안에 의해 떠밀려 나온 훈이의 입에서 언데드들을 소환할 때 사용하는 어둠의 주문이 흘러나왔다.

　"어둠의 힘으로 명하노니……. 망자들이여, 일어나라!"

　사실 따로 주문을 영창하지 않아도 소환은 할 수 있었지만, 이 긴박한 상황에서도 훈이는 주문 외우기를 빼놓지 않았다.

　사실 그것이야말로, 훈이의 정체성이기도 했다.

　우우웅－!

　훈이의 전방으로 일어나는 옅은 공명음.

　어둠의 결정들 위에 훈이의 스켈레톤들이 소환되었다.

　이어서 스켈레톤들은 각각 어둠의 결정을 품 안으로 끌어안았다.

　그리고 그것은, 다소 뜬금없어 보이는 광경이었다.

　"……?"

　"뭐 하는 거지?"

"설마 저렇게 끌어안아서 폭발을 막을 수 있다 생각하는 건가?"

이안과 훈이가 무엇을 하는 것인지 이해하지 못한 원정대의 유저들은, 두 눈을 질끈 감았다.

이제 1초 후면, 검정 화면을 보게 될 것이라 여긴 것이다.

하지만 다음 순간, 끝까지 그 광경을 보고 있던 누군가의 입에서 탄성이 흘러나왔다.

"아, 미친!"

"이럴 수가!"

어느새 이안의 품에서 뛰쳐나간 빛의 드래곤 엘카릭스가, 스켈레톤들을 향해 새하얀 손을 뻗치고 있었던 것이다.

"드라고닉 배리어……!"

어둠의 결정을 각각 끌어안은 스켈레톤들.

그리고 그런 스켈레톤들의 주변을 둥글게 감싸고 있는, 새하얀 광휘의 보호막.

그 말인 즉, 엘카릭스의 배리어가 폭발하기 직전인 어둠의 결정들을 역으로 감쌌다는 이야기였다.

사실 여기 있는 랭커들 대부분이 보호막을 한 번씩은 떠올려 보았을 것이다.

하지만 보호막의 한계에 대해 명확히 알고 있었기 때문에, 그에 대한 생각을 더 깊게 해 보지 않았던 것이었다.

보호막으로 아군을 지키는 것이 아니라 폭발물 그 자체를 감싸 버리는 발상은, 정말 기발하기 그지없었다.

그리고 엘카릭스의 배리어가 발동되기가 무섭게, 던전 안에는 예견되었던 거대한 굉음이 연속해서 울려 퍼졌다.

퍼어엉-! 펑-! 퍼엉-!

던전 전체를 무너뜨릴 정도의 파괴력을 지닌 폭발물답게 어둠의 결정들이 뿜어내는 폭발음은 어마어마했다.

하지만 그 엄청난 소리와 반대로 던전 안에서는 아무런 일도 일어나지 않았다.

다만 세 마리의 스켈레톤이 가루가 되어 쓰러져 있었을 뿐이었다.

"음?"

"하아, 이게 대체……."

가장 앞쪽에서 이안이 하는 양을 그대로 지켜보고 있던 샤크란과 에밀리는 고개를 절레절레 저으며 혀를 내두를 수밖에 없었다.

그야말로 생각조차 하지 못했던, 완벽한 발상의 전환이었던 것이다.

그리고 상황을 제대로 파악하지 못한 원정대의 유저들은 어리둥절한 표정으로 웅성였다.

"바, 방금…… 어둠의 결정 터진 것 맞죠?"

"네. 그런 것 같네요."

"대체 어떻게 된 일이죠?"

"그, 글쎄요. 저도 제대로 못 봐서……."

"버그는 아니겠죠?"

"그런 건 아닌 것 같은데……."

하지만 잠시 소란스러워졌던 장내는, 이안의 말 한마디에 그대로 정리되었다.

"다들 뭐해요? 빨리 뚫고 내성으로 들어가서, 성문부터 열어야죠!"

눈앞에 직면했던 커다란 위기로 인해 원정대 유저들은 잠시 작전 자체를 망각하고 있었다.

이안의 말에 정신을 차린 유저들이, 일사불란하게 움직이기 시작했다.

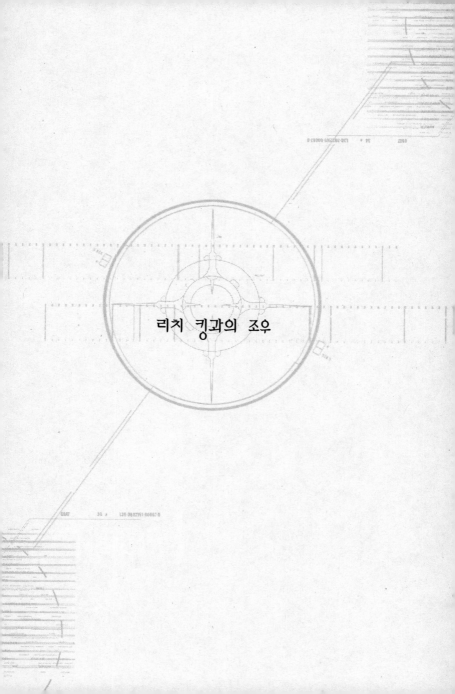

리치 킹과의 조우

Taming Master

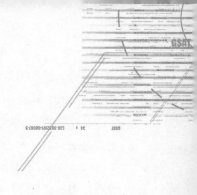

　원래의 시나리오대로라면 '폭파'되도록 기획되어 있었던 팔카치오성 지하의 비밀 통로.

　이 비밀 통로가 폭파될 예정이었던 이유는 간단하다.

　비밀 통로의 존재 자체가 사실 치트Cheat나 다름없었던 것이다.

　팔카치오성은 에피소드의 최종 콘텐츠답게 수많은 수성병력들과 방어 시스템들이 구축되어 있었는데, 이 비밀 통로를 지나는 순간 그런 것들의 절반 이상이 무력해져 버리기 때문이었다.

　그렇다면 반대로, 비밀 통로의 폭발 자체가 무효화된 지금의 상황은 어떻게 생각하면 될까?

"게임 터진 거지 뭐. 젠장⋯⋯."

나지찬은 끓여 두었던 차 한 잔을 홀짝이며, 씁쓸한 목소리로 중얼거렸다.

그는 이안을 진심으로 응원하기는 했었지만, 이런 기발한 방법을 찾아낼 줄은 몰랐었다.

"그것도 더할 나위 없는 최상의 방향으로 말이지."

나지찬은 포털을 겹치는 방식으로 마계의 유저들을 따돌리는 이안을 보며, 그가 이 함정을 탈출할 가능성도 있다고 생각했었다.

하지만 그렇다고 해도 이런 전개는 아니었다.

비밀 통로가 무너지는 것까지 막을 수 있을 줄은 몰랐다는 말이었다.

이것은 일견 큰 차이가 아닌 것처럼 보일 수 있었지만, 실상 엄청난 차이였다.

만약 이안이 그저 던전을 탈출하는 것으로 그쳤다면 팔카치오성을 외성부터 다시 공략해야 하겠지만, 비밀 통로의 붕괴까지 막아 냄으로 인해서 바로 내성에 진입하게 생겨 버린 것이다.

"이제 남은 건⋯⋯. 리치 킹 하나 뿐인가?"

물론 리치 킹에 도달하기 전에도, 400레벨 후반대의 강력한 네임드 중간 보스들이 줄줄이 포진되어 있다.

하지만 이안과 샤크란의 원정대가 그들에게 패배해 돌아

서는 그림은 애초에 그려지지를 않았다.

내성에 입성한 원정대는 그야말로 파죽지세로 중심부까지 돌파할 것이고, 아마 오늘이 지나기 전에 리치 킹을 만나게 될 것이다.

"한숨 자야겠군. 한 5시간쯤 뒤에 다시 켜면 리치 킹과 조우하고 있겠지."

삑.

리모컨을 들어 TV의 전원을 꺼 버린 나지찬은 하품을 쩍쩍 하며 방 안으로 들어가 버렸다.

이안의 위기를 보기 위해 미뤄 뒀던 잠을, 이제는 찾으러 가도 될 것 같았다.

폭발하는 어둠의 결정체들을 성공적으로 제어한 이안과 원정대 유저들은, 비밀 통로의 종착지까지 금방 돌파해 내었다.

그것은 원정대 유저들의 기세가 오른 덕도 있었지만, 그보다는 다른 이유가 더 주요했다.

던전의 뒤쪽에 존재하던 몬스터들은 대부분 고레벨인 마계의 패잔병들이었는데, 카오스 게이트가 파괴되자 전투 능력의 30퍼센트만큼을 디버프 당한 것이다.

그야말로 전화위복이라는 말이 딱 맞아떨어지는 상황이라

할 수 있었다.

"캬, 이거 완전 보너스 스테이진데?"

"디버프 한 개 걸려 있다고 이렇게 약해져도 되는 건가?"

"정확한 계수는 몰라도 최소 40퍼센트 이상은 너프 먹은 거 같은데 이놈들?"

몬스터가 디버프를 먹었다고 해서 드롭하는 보상까지 디버프되는 것은 아니었기 때문에, 유저들은 신이 나서 몬스터들을 쓸어 담기 시작했다.

평균 400레벨대인 원정대의 유저들이 300레벨 초반 정도의 능력치로 너프된 몬스터들을 상대하다 보니, 그것은 그야말로 대학살의 현장이었다.

그리고 당연한 이야기겠지만, 날뛰는 원정대의 유저들 중에서도 가장 돋보이는 두 사람은 이안과 샤크란이었다.

띠링-!

-'부상당한 마계의 검투사' 몬스터를 성공적으로 처치하셨습니다!

-경험치를 79,809,312만큼 획득합니다!

-'절름발이 키릅코스' 몬스터를 성공적으로 처치하셨습니다!

-경험치를 82,887,981만큼 획득합니다!

쉴 새 없이 정령왕의 심판을 휘두르며, 앞을 막는 마계의 몬스터들을 베어 넘기는 이안.

하지만 이 더할 나위 없이 완벽한 상황에서도, 이안은 일말의 아쉬움을 가지고 있었다.

'젠장, 시간만 좀 더 많았어도 싹 다 쓸어 담고 가는 건데……'

'팔카치오 지하 비밀 통로'는 이안과 원정대가 가장 처음 입장한 던전이었다.

그 말인 즉, 던전 최초 발견 버프가 걸려 있다는 의미였다.

거기에 이런 보너스 스테이지까지 겹쳐 버리니, 각 잡고 노가다 뛰기에 최적의 사냥터가 된 것이다.

경험치뿐만 아니라 보상 면에서도 아주 훌륭했고 말이다.

하지만 지금 이안에게는 노가다할 시간이 없었다.

여기서 사냥한다고 보낸 1분 1초의 시간이, 차후에 어떤 아쉬움으로 돌아올지 모르기 때문이었다.

기발한 전략으로 함정들을 무사히 극복하여 많은 시간이 단축되었다고는 하지만, 리치 킹을 잡고 퀘스트를 완료하기 전까지는 약간의 여유도 가질 수 없었다.

이안은 쉴 새 없이 오더를 내리며, 빠르게 던전을 뚫는 데에만 주력했다.

"세일론 님, 뮈란 님, 계속 샤크란 님 후방 엄호해 주시고, 원딜러 분들은 센터로 지원사격 집중해 주세요!"

그리고 이런 이안의 오더에 의문을 갖는 에밀리 같은 유저들도 당연히 있었다.

"이안 님, 정비도 할 겸 천천히 하나하나 잡으면서 뚫는 건 어떨까요? 어차피 몬스터 디버프 먹어서 엄청 약하잖아요."

그러나 이안은 잔머리를 굴려 현명하게 대처해 나갔다.

　　"아뇨. 아직 방심할 수 없습니다. 이 던전, 어떤 식으로 함정이 또 나타날지 몰라요."

　　"하, 하긴. 그럴 수도 있겠군요."

　　"경험치들이 조금 아깝기는 하지만, 그래도 이 불길한 던전을 최대한 빨리 벗어나는 게 우선이라고 봅니다."

　　"좋아요. 일리 있는 말씀이세요. 그렇게 하도록 하죠."

　　머리가 잘 돌아가는 편인 에밀리마저 깔끔하게 납득시킨 이안은, 빠르게 병력을 운용하여 던전 후반부를 클리어해 나갔다.

　　그리고 그렇게 1시간 정도가 지났을까?

　　띠링-!

　　-'팔카치오 지하 비밀 통로' 던전을 성공적으로 클리어하셨습니다!

　　-팔카치오성의 지하에 존재하던 '마계 패잔병들의 잔재'를 소멸시키셨습니다!

　　-경험치를 97,890,989만큼 획득합니다!

　　-명성을 20만만큼 획득합니다!

　　원정대 유저들의 눈앞에 드디어 던전 클리어를 알리는 메시지가 울려 퍼졌다.

　　"캬, 해냈어!"

　　"던전 한번 오지게 길었네."

　　"크으, 이안 님 아니었으면 지금쯤 게임 끄고 손가락 빨면서 TV나 보고 있었겠지?"

여기저기서 원정대의 유저들의 감격에 찬 목소리가 흘러 나왔다.

"수고했다, 꼬마. 오늘만큼은 인정하지 않을 수 없군."

자존심 강한 샤크란마저도, 이안에게 경의를 표하였다.

"훗, 별말씀을."

하지만 이안은 이 와중에도 샤크란을 살짝 자극해 주는 것을 잊지 않았다.

리치 킹을 처치할 때까지, 샤크란이 보여 줄 수 있는 최고 수준의 능력을 뽑아 먹어야 하기 때문이었다.

"제가 이만큼 보여 드렸으니, 이젠 아재 차례인 거 아시죠?"

그리고 샤크란은 이안의 리드를 잘 따라와 주었다.

"후후, 걱정 말거라, 꼬마. 이제부터 타이탄 길드의 저력을 보여 줄 테니 말이다."

샤크란의 호언을 들은 이안의 입에는 만족스러운 미소가 걸렸다.

'아재, 조금만 더 힘내 봅시다. 내가 히든 듀얼인지 뭔지 그거 얻고 나면, 콩고물이라도 좀 줄 테니까.'

원정대 유저들은 잠시 동안 보상을 확인하고 상태를 점검하며, 시끌벅적 떠들었다.

그러나 그 북적거림도 그리 오래가지는 않았다.

던전 클리어 메시지가 떠오른 지 1분도 채 지나기 전, 던전의 끝을 막고 있던 거대한 철문에서 기괴한 소리가 나기 시작했기 때문이었다.

끼이익─ 그극─ 그그그극─!

녹슨 쇠붙이들이 맞물리며 나오는, 듣기 싫을 정도로 거북한 마찰음.

하지만 이안만큼은 그 소리가 기분 나쁘게 들리지 않았다.

그 기괴한 소리와 함께 철문이 천천히 열리고 있었다.

쿠구궁─ 쿵─!

그리고 열린 철문의 틈 사이로는, 새하얀 빛이 쏟아져 들어왔다.

이어서 이안의 눈앞에 펼쳐진, 하얀 눈이 쌓인 성곽의 풍경.

'됐어……!'

드디어 팔카치오 내성으로의 진입에 성공한 것이었다.

높게 솟아오른 기괴한 형상의 성채.

그 가장 깊숙한 곳에 위치한 음침한 공간.

천장이 잘 보이지 않을 정도로 까마득히 높은 층고를 가진 공간의 중심에, 일반적인 크기의 세 배쯤 되어 보이는 거대한 왕좌가 자리하고 있었다.

그리고 그 왕좌의 주인은 망자들의 제왕, 리치 킹 샬리언이었다.

"수고했다, 마의 아들이여."

"감사합니다, 샬리언 님. 최선을 다했을 뿐입니다."

커다란 묵빛의 왕좌에 앉은 리치 킹 샬리언은 그 앞에 한쪽 무릎을 꿇고 있는 한 명의 마족과 대화를 나누고 있었다.

당연한 이야기겠지만, 그는 어둠의 포털로 비밀 통로를 벗어난 림롱이었다.

그런데 재밌는 것은 샬리언과 림롱이 원정대 유저들이 전멸한 줄 안다는 것이었다.

"일은 확실히 처리했겠지?"

"그렇습니다, 망자들의 왕이시여. 어둠의 결정들이 부풀어 오르는 것까지 확실히 확인했나이다."

"클클, 그렇다면 틀림없겠군. 어둠의 결정은 고작 인간들 따위가 막을 수 있는 물건이 아니니 말이야."

흡족한 표정이 된 샬리언은 특유의 칼칼한 웃음소리를 내며 어깨를 들썩였다.

그리고 그들이 원정대 유저들의 전멸을 확신하는 이유는 간단했다.

림롱이 샬리언으로부터 받았던 퀘스트도 '성공'했다는 시스템 메시지가 떠올랐기 때문이었다.

림롱이 샬리언으로부터 받았던 퀘스트의 내용은 어디까지나 어둠의 결정을 폭파시키는 것까지였고, 어쨌든 결정이 폭발한 것은 맞았으니 퀘스트는 성공했던 것이다.

리치 킹 샬리언의 말이 다시 이어졌다.

"폭발이 성공했다면 하찮은 인간 놈들이 제법 막심한 피해를 입었겠군."

림롱은 폭발 속에 파묻혔을 이안과 샤크란을 떠올리며, 고소를 지었다.

"그렇습니다, 왕이시여. 인간들 중 가장 뛰어난 전사들이 그 안에 포함되어 있었으니, 이제 인간들은 함부로 이곳을 넘보지 못할 것입니다."

"그렇군. 클클, 역시 인간이란 우매한 존재들이군."

샬리언과 림롱은 죽이 척척 잘 맞았다.

림롱은 인간계 유저들에게 성공적으로 엿을 먹였다는 생각에 기분이 좋았고, 그것은 샬리언 또한 마찬가지였으니 말이다.

게다가 림롱은 샬리언과의 친밀도가 높아질수록 떨어질 콩고물이 많아질 것이었으니, 그와의 대화를 적극적으로 이어 가는 것이 당연했다.

"그런데 마계에서 지원 온 전사들 중 그대 하나만이 남은 것인가?"

"그렇습니다, 왕이시여. 하지만 걱정 마시옵소서. 다시 마계로 돌아갈 때까지, 저 하나만이라도 최선을 다하겠나이다."

"그래, 그래. 믿음직스럽군."

리치 킹과 대화를 나눌 때마다 조금씩 올라가는 친밀도를 확인하며, 림롱은 기분 좋은 미소를 지었다.

'후후, 지금쯤 인간계 놈들 게임 끄고 나와서 발 닦고 잠이나 자러 갔겠지?'

생각만 해도 기분이 좋은지 어깨까지 들썩이며 웃음 짓는 림롱이었다.

하지만 그는 꿈에도 모르는 사실이 하나 있었다.

리치 킹과의 친밀도를 올리기 위한 지금의 대화들이, 결국 인간계 유저들에게 도움을 주고 있다는 사실을 말이다.

림롱과 그의 대화가 길어질수록 리치 킹은 더욱 안심하기 시작했고, 그것이 곧 방심으로 이어질 것이었다.

'로터스와 타이탄이 전멸했으니 나머지는 쭉정이들뿐이겠군. 여기까지 놈들이 도달하려면 최소 이틀은 걸리겠지? 그래도 이대로 로그아웃하는 건 조금 아쉬우니……. 외성에 마실이나 나가 볼까?'

그러나 이안과 원정대가 사망했다고 굳게 믿는 림롱으로서는, 그러한 사실을 짐작하는 것이 불가능할 수밖에 없었다.

대규모의 공성전에 임할 때 가장 기본이 되는 준비단계는 무엇일까?

그것은 바로, 함락시키고자 하는 성의 구조에 대해 파악하는 것이었다.

　물론 적진敵陣의 구조를 구체적으로 알아낸다는 것은 불가능한 이야기다.

　하지만 카일란에는 '공중 병력'이 존재했고, 이안에게는 '카카'와 같은 특수한 하수인도 존재했다.

　빛 속성의 공격이 아니라면 그 어떤 경우에도 피해를 입지 않는 존재인 카카.

　이안은 카카를 통해 팔카치오성의 대략적인 구조를 파악해 놓은 상태였다.

　던전에서 가장 먼저 빠져나온 이안이 재빨리 주변을 살펴보았다.

　'어디 보자……. 삼지창이 서북 쪽으로 보이는 걸 보니, 여긴 동문 쪽에 가깝겠군. 이거 의외인데?'

　여기서 '삼지창'이란 팔카치오 내성 안에 솟아 있는 거대한 첨탑을 의미했다.

　마치 세 개의 첨탑이 특이한 모양으로 솟아올라 있었기 때문에 이안이 삼지창이라고 칭한 것이다.

　이안은 바로 옆에 두둥실 떠올라 있는 카카에게 낮은 목소리로 물었다.

　"카카, 지금 우리 위치, 혹시 기억나?"

　그 물음에 카카는 한껏 거만한 표정으로 고개를 끄덕였다.

"후후, 내가 누구냐, 주인아."

"시끄럽고."

"난 고대의 전설, 카르가 팬텀의 일족……."

"지금 바쁜 거 안 보이냐? 엘이한테 한 대 맞아야 정신 차릴래?"

이안의 다그침과 동시에 옆에서 볼을 부풀린 엘카릭스가 작은 주먹을 꾹 말아 쥐었다.

그러자 카카가 기겁한 표정으로 멀찍이 움직여 날아갔다.

"히익……! 난 엘이한테 맞으면 죽을지도 모른다, 주인아."

"그러니까 얼른 질문에 대답이나 하라고."

이안의 위협(?)에 입술을 삐죽인 카카가 슬쩍 허공으로 날아올랐다.

그리고 잠시 주변을 둘러본 뒤 이안에게 설명을 시작했다.

"여기 어딘지 안다, 주인아."

"어딘데?"

"저쪽에 보이는 벽 따라서 쭉 움직이면, 곧바로 서문이랑 연결될 거다."

그런데 카카의 설명을 들은 이안은 의아한 표정이 되었다.

본인이 생각했던 것과 카카의 대답이 달랐기 때문이었다.

"엥? 여긴 분명 동문이랑 훨씬 더 가까운 위치일 텐데……."

이안이 판단하기로는 동문과 가까운 위치인 것 같았는데 카카가 서문을 언급하니 조금 당황한 것이었다.

이어진 카카의 말을 들은 이안은 그제야 고개를 끄덕일 수 있었다.

"주인 말이 맞다. 여긴 동문이랑 가까운 위치다."

"그런데?"

"하지만 동문으로 넘어갈 수 있는 통로가 없는 게 문제다. 여기서 동쪽으로 움직이면 동문에 도달하기 전에 거대한 벽에 가로막힐 거다."

"아하……."

"아마 여기서 동문으로 가고 싶다고 해도, 역방향으로 한 바퀴 돌아서 움직여야 할 거다."

"벽을 넘는 방법은?"

"불가능하다. 만약 시도할 생각이라면, 차라리 내성의 성벽을 넘는 걸 추천해 주고 싶다."

"그렇군. 이해했다, 카카."

카카의 설명을 들은 순간 이안은 완벽히 팔카치오성의 구조를 이해할 수 있었다.

'역시, 이럴 줄 알았어. 아무리 비밀 통로라 해도, 곧바로 동문이랑 이어지게 만들어 놨을 리가 없지.'

지금 이안 일행이 있는 위치는, 내성과 외성의 사이라고 할 수 있었다.

지하를 통해 외성 안쪽으로 무혈입성에 성공한 것이며, 곧바로 내성을 공격할 수 있는 포지션인 것이다.

그렇다면 외성과 내성의 사이는 허허벌판처럼 아무것도 존재하지 않는 것일까?

당연한 이야기겠지만, 에피소드의 마지막 콘텐츠인 팔카치오성이 그렇게 단순하게 구축되어 있을 리 없다.

외성과 내성의 사이에도 각종 방어 타워들과 내벽들이 촘촘히 지어져 있었다.

그리고 이안이 '동쪽'에 집착하는 이유는 바로 내성으로 통하는 출입구 때문이었다.

동쪽과 서쪽에 각각 하나씩의 문을 가진 외성과는 달리, 팔카치오성의 내성은 동쪽에만 문을 가지고 있다.

'게다가 우리가 외성 안쪽으로 침입한 사실을 놈들은 아직 모를 테니 내성으로 통하는 문이 열려 있을 가능성도 있지.'

해서 이안은 내심 비밀 통로가 내성 동문의 근처로 통하면 좋겠다고 생각했었다.

하지만 역시나 팔카치오성이 그렇게까지 녹록한 구조는 아니었다.

지하 뇌옥에 진입하기 전에 세리아에게 토르를 맡겨 외성의 동쪽을 뚫으라고 했던 것도, 비슷한 맥락에서 내려놓았던 오더였다.

'그렇다면 이 상황에서 어떻게 움직여야 가장 효율적으로 내성을 함락시킬 수 있을까?'

이안의 머리가 빠르게 회전하기 시작했다.

지금 이안과 원정대는 활용할 수 있는 카드 몇 가지를 가지고 있었다.

　　'좀 진부한 전략이기는 하지만……. 성동격서聲東擊西. 원래의 전략을 유지해야겠어. 이만한 전략을 찾기도 힘드니까 말이야.'

　　이안은 고개를 살짝 돌려 던전의 출구를 확인하였다.

　　그리고 이안이 잠깐 생각에 잠긴 사이 대부분의 원정대원들이 빠져나와 정비를 마친 상태였다.

　　이어서 이안의 오더가 떨어졌다.

　　"모두 카카를 따라오세요. 우린 서쪽으로 이동합니다."

　　이안은 말을 마치고 앞장서 빠르게 걸음을 옮겼다.

　　그리고 동시에, 어디론가 메시지를 보내고 있었다.

　　'후후, 귀여운 녀석들. 아직 외성 근처에 접근조차 못 하고 있군.'

　　리치 킹과의 조우를 마친 림롱은 계획했던 대로 팔카치오 외성 쪽으로 나와 있었다.

　　리치 킹에게 강력한 어둠의 군대를 얻어, 수성병력을 지원하러 나온 것이었다.

　　그리고 그가 선택한 곳은 바로 외성의 서문西門 쪽이었다.

"좋아, 슬슬 움직여 볼까?"

물론 림롱은 아무 생각 없이 움직인 것이 아니었다.

동전을 던져 순서를 정하듯, 아무런 기준 없이 방향을 정한 게 아니라는 이야기였다.

그가 서문으로 향한 데에는, 나름의 철저한 계산이 뒷받침되어 있었다.

'분명 원정대는 대부분의 병력을 동문 쪽으로 투입했을 테지. 전략적으로 가장 중요한 위치가 동문이니 말이야.'

위에서도 언급했지만, 팔카치오 내성으로 통하는 문은 동쪽에만 존재했다.

즉, 외성의 동문을 뚫고 들어와야 내성을 공략하기 가장 용이하다는 말이었다.

때문에 림롱은 원정대 병력의 대부분이 동문에 집중되어 있을 것이라 예측했고, 그래서 반대로 서쪽으로 온 것이었다.

'이안은 분명 성동격서를 선택했겠지. 대부분이 AI로 구성된 수성병력을 상대로, 그것만큼 효과가 좋은 전략도 없을 테니 말이야. 아니, 성서격동이라고 해야 하려나?'

림롱은 팔카치오성의 서문 쪽을 공략 중인 원정대의 병력이 오합지졸일 것임을 믿어 의심치 않고 있었다.

그가 예상하는 원정대의 전략은 크게 중요하지 않은 서문 쪽에 쭉정이들을 배치하여 시선을 끌고, 동쪽으로 정예부대를 보내서 동문을 격파하는 전략이었다.

때문에 그는 오합지졸들로 구성되어 있을 서문이야말로 자신이 활약할 수 있는 최고의 무대라 생각했다.

그는 어둠의 군단들을 데리고 얌전히 수성만 할 생각이 없었기 때문이었다.

암살자 클래스인 림롱에게 수성전은 할 수 있는 게 별로 없는 따분한 무대였으니 말이다.

그렇다면 그가 원정대를 상대로 벌이려는 전투 방식은 어떤 것일까?

그것은 바로, 암살자 클래스의 장점이 극대화될 수 있는 전장이라 할 수 있는 게릴라전.

그리고 성 밖으로 나가 게릴라전을 벌이기 위해서는 쭉정이들을 상대하는 것이 가장 효율적이고 안정적이었다.

"그림 좋고!"

외성 밖으로 보이는 인간계의 병력들을 확인한 림롱은, 자신의 짐작이 옳았음을 확신할 수 있었다.

병력의 수는 제법 많아 보였지만, 이제까지 외성에 다가오지도 못한 듯 보였기 때문이었다.

병력의 숫자 자체는 의미가 없었다.

어쭙잖은 랭커들 십수 명보다, 이안과 같은 알짜배기가 훨씬 더 강력한 전력이니까.

'후후, 인간계 놈들……. 이번에야말로 진정한 지옥을 경험시켜 주도록 하지.'

성벽 위에서 인간계 유저들을 내려다 본 림룡은 한쪽 입꼬리를 말아 올리며 씨익 웃었다.

그리고 벌어진 입술 사이로, 그의 새하얀 이빨이 드러났다.

림룡은 영리하다.

그리고 이안은 그러한 사실을 잘 알고 있었다.

'녀석은 분명 원정대의 전략을 파악했을 거야. 성동격서는 뻔하면서도 쓸 수밖에 없는 효율적인 전략이니까.'

이안은 림룡이 자신의 전략을 예측할 것이라고 판단했다.

하지만 그러면서도 그 전략대로 그대로 움직이고 있었다.

고작 림룡 하나 때문에 이 효율적인 전략을 버릴 이유가 없었기 때문이었다.

'우리는 림룡이 모르는 카드도 몇 개 가지고 있으니 말이지.'

림룡이 예측한 대로, 원정대의 전략은 '성서격동'이었다.

서쪽을 흔들고 그 사이 동쪽을 공략한다는, 어찌 보면 단순하기 그지없는 전략.

이 단순한 전략이 그대로 쓰인 이유에는 두 가지가 있었다.

첫 번째로 인간계의 유저들은 팔카치오성의 수성병력 중 '유저'가 없다고 생각했었고, 두 번째로는 '지하 비밀 통로'라는 히든카드를 가지고 있다고 생각했기 때문이었다.

서쪽을 흔들고 동쪽을 공격하는 척하지만, 사실은 비밀 통로를 통해 완벽히 허를 찌른다는 계획.

하지만 이 전략은 순리대로라면 실패한 전략이었다.

전략이 세워진 두 가지 이유가 전부 틀어진 것이나 마찬가지였기 때문이었다.

리치 킹은 마계의 유저들에게 지원을 요청했으며, 지하의 비밀 통로는 사실 함정이었으니, 두 가지의 전제가 전부 틀려 버린 것이다.

그런데 이 실패할 뻔했던 전략을 이안이 살려 내었다.

마계의 유저들이 합류했지만 모조리 게임 아웃시켰으며, 폭발할 뻔했던 비밀 통로는 그대로 지켜 낸 것이다.

그 과정에서 '림롱'이라는 변수를 하나 남기기는 했지만 상관없었다.

이안 일행이 비밀 통로를 통과했음을 꿈에서도 모를 림롱은 NPC나 다름없는 존재이기 때문이었다.

그래서 이안은 외성 바깥의 병력들에게 처음에 생각했던 전략과 비슷하게 오더를 내려 놓았다.

그대로 움직여 주는 것이야말로 림롱과 샬리언의 허를 찌르는 전략이 될 테니 말이다.

심지어 이안은 림롱이 어떻게 움직일 것인지까지도 정확하게 예측하고 있었다.

'보나마나 림롱은 서쪽을 노리겠지. 녀석의 눈엔 거기가

제일 만만해 보일 테니까.'

타이탄과 로터스의 정예병력을 통솔하며 빠르게 서쪽으로 이동하는 이안.

그의 입가에는 림롱과 마찬가지로 기분 좋은 미소가 걸려 있었다.

'그렇지 않아도 빚을 갚아 주고 싶었는데……. 이렇게 제 발로 찾아와 줄 줄이야.'

과거 50레벨의 초보 소환술사 시절.

루키 리그에서의 쓰라린 패배를 이안은 아직도 잊지 않고 있었다.

거기에 파이로 영지 공성전 때 보여 줬던 치명적인 배신까지.

사실 이안의 입장에서 림롱만큼 나쁜 놈도 없었던 것이다.

"이건 뒤끝이 아니야, 그냥 소소한 복수 같은 거지."

이안의 바로 뒤를 바짝 따라오던 훈이가 그의 중얼거림을 듣고는 흠칫 놀란 표정이 되었다.

"혀, 형, 왜 그래? 대체 누구한테 복수한다는 거야?"

영문도 모르고 제 발 저리는 훈이를 보며, 이안은 씨익 미소를 지었다.

"그런 놈 하나 있어. 내가 카일란에서 유일하게 싫어하는 놈."

그리고 그 미소와 눈이 마주치자마자, 순간적으로 로그아웃하고 싶다는 충동이 든 훈이였다.

　카일란에는 셀 수도 없이 많은 종류의 방어 타워들이 존재
한다.
　그럴 수밖에 없는 것이 성을 어떤 방향으로 발전시키느냐
에 따라 지을 수 있는 방어 타워의 종류가 달라지기 때문이
었다.
　게다가 성 주변에 어떤 자원이 존재하느냐에 따라서도 지
을 수 있는 건축물들의 종류가 달라지니, 타워의 종류가 많
아지는 것은 당연한 것이었다.
　하지만 그렇다고 해서 아무런 규칙없이 중구난방으로 방
어 타워가 개발되는 것은 아니었다.
　카일란에서 타워를 분류하는 기준은 세 가지가 있었다.
　첫 번째 기준은 '공격 타입'에 따른 분류.
　타워의 공격 속성이 물리 속성이냐 마법 속성이냐에 따라,
분류가 나뉘는 것이다.
　어찌 보면 이것이 모든 카테고리 중 가장 큰 범위의 분류
라고 볼 수 있었다.
　그리고 두 번째 기준은 '역할'에 따른 분류이다.
　광역 공격에 특화된 타워가 있는가 하면, 단일 대상에 강

력한 피해를 입힐 수 있는 타워도 있고, 공중공격이 불가능한 대신 지상에 막강한 피해를 입힐 수 있는 타워가 있는가 하면, 아예 대공 능력에 특화된 타워도 있는 것이다.

그리고 디텍팅 능력이나 서포팅 능력을 가진, 특별한 타워들도 있었고 말이다.

마지막으로 세 번째 기준은 바로 타워의 성능에 따른 분류였다.

이것은 편하게 '티어'로 표시되는데, 티어 앞에 붙은 숫자가 높을수록 고급 타워라고 할 수 있었다.

지금 리치 킹 에피소드의 마지막 '고지'라고 할 수 있는 팔카치오성.

팔카치오성에는 '마법' 속성의 타워들이 가장 많이 배치되어 있었다.

그리고 마법 속성 중에서도 '어둠'타입을 가진 타워들이 대다수다.

이안은 이러한 특징을 잘 활용해 볼 생각이었다.

'마법 속성 타워들의 특징은 에너지 코어가 필요하다는 거지.'

마법 속성의 타워들은 대체로 물리 속성의 타워들에 비해 공격력이 강력하고 공격 가능 범위가 넓다.

대신 물리 속성의 타워들에 비해 명중률이 떨어지고, '에너지 코어Energy Core'가 없으면 작동하지 않는다는 단점이 있다.

에너지 코어란, 쉽게 말해 마법 속성 타워들에 마력을 공급해 주는 시설이다.

이 시설이 에너지를 공급해 줄 수 있는 범위 안에 있어야, 타워가 작동하는 것이다.

에너지 코어 또한 '티어'가 존재했고, 코어의 티어가 높을수록 마법 타워들의 성능이 좋아지는 것 또한 당연한 이야기다.

때문에 마법 속성 타워들이 주력 방어 시설인 '팔카치오성'과 같은 곳에서는, 이 에너지 코어가 무척이나 중요할 수밖에 없다.

그렇다면 이렇게 중요한 에너지 코어들은 어디에 위치해 있을까?

너무도 당연한 이야기겠지만, 최대한 '안전한' 곳에 있다.

타워들에게 에너지를 공급해 줄 수 있는 범위를 벗어나지 않으면서 가장 후방인 지역에, 코어를 설치해 놓는 것이 정석이라고 할 수 있었다.

그리고 지금 로터스와 타이탄의 정예병력들이 위치한 곳이…….

"역시, 이쪽에 없을 리가 없지."

바로 그 '후방'지역이었다.

"진짜 귀신이 따로 없네."

시야에 드러난 수많은 에너지 코어들을 보며, 헤르스가 혀를 내둘렀다.

복잡한 구조를 지닌 요새 안에서 에너지 코어가 숨겨진 곳을 귀신같이 찾아내는 이안이, 무척이나 신기했기 때문이었다.

옆에 있던 피올란도 감탄하며 고개를 주억거렸다.

"이거 대체 어떻게 찾은 거예요? 혹시 이안 님이 여기 설계하신 거 아니에요?"

피올란의 질문 아닌 질문에, 이안이 피식 웃으며 대답했다.

"제가 공성전 한두 번 해 봅니까? 이 정도야 껌이죠."

그리고 뒤늦게 로터스의 병력을 따라온 타이탄의 유저들도, 감탄하는 것은 마찬가지였다.

"햐, 여기만 털면 진짜 외성 방어선은 그대로 무너지겠는데?"

"에이. 여기 있는 코어 다 부숴도, 아마 금방 다른 코어들에 연결될걸? 이만한 크기의 대규모 요새에, 그만한 대비책도 세워 놓지 않았을까?"

"어, 그런가? 듣고 보니 그것도 일리가 있는데?"

"휴, 누가 공성전 뉴비 아니랄까 봐 티내기는."

몇몇 유저의 대화를 들은 이안은 속으로 고개를 끄덕였다.

'저 유저 말이 맞아. 여길 전부 파괴해도, 금방 스페어 에너지코어로 연결되어 버리겠지.'

게다가 이 코어들이 파괴되는 순간, 내부에 침입자가 들어왔다는 사실을 리치 킹이 알게 될 확률이 높았다.

마법 타워에 에너지 공급이 끊어진 것을 하수인들이 알아차린다면, 곧바로 보고가 올라갈 것이기 때문이었다.

그래서 이안은 지금의 상황을 가장 효율적으로 활용하기 위해 머리를 굴리기 시작했다.

'방법은 단 하나. 수성병력이 정신을 못 차리게, 한 번에 몰아쳐야 돼. 스페어 에너지 코어들이 작동하기 전에…….양쪽에서 덮쳐서 방어선을 허물어 버리면 되겠지.'

전략의 큰 틀 자체는 단순했으나, 그것을 성공시키기 위해 필요한 세부적인 전략들은 무척이나 복잡했다.

서문 밖에 주둔해 있는 병력들과 이안의 정예병력들의 합이, 완벽히 맞아떨어져야 하기 때문이었다.

어느새 이안의 옆으로 다가온 샤크란이 낮은 목소리로 입을 열었다.

"꼬마, 왜 멈춰 있는 거냐? 저것들, 싹 다 부숴 버리면 되는 것 아니냐?"

샤크란의 말에, 이안이 고개를 저으며 대답했다.

"잠깐만 기다려 봐요 아재. 그렇게 단순히 생각할 일이 아니니까."

"건방진 꼬마 녀석……."

이안의 핀잔을 들은 샤크란은 얼굴을 확 구기며 고개를 절레절레 저었지만, 기분이 나쁜 표정은 아니었다.

이번에 이안과 함께 움직이면서 그의 능력을 새삼 다시 보게 되었기 때문이었다.

이전까지도 충분히 이안을 높게 평가하고 있었으나, 그것은 단지 게이머로서의 '피지컬'에 국한된 것이었을 뿐.

이안이 이렇게 심계心計까지 뛰어난 인물인 줄은 몰랐던 것이었다.

그저 로터스의 행보를 보며 에밀리와 같이 뛰어난 책사가 있다고 생각했던 것이다.

샤크란이 다시 입을 열었다.

"꼬마, 그럼 어떻게 움직이면 되나?"

그리고 잠시 후, 생각을 정리한 이안이 한 발짝 앞으로 걸음을 옮겼다.

"1분쯤 뒤, 제가 신호하면 일제히 덮치면 됩니다."

드륵- 드르륵.

거대한 도르레가 천천히 굴러가며, 그 위에 감겨 있던 묵직한 쇠사슬이 풀려 내려갔다.

끼기기기긱-!

쇳덩이가 맞물리며 울려 퍼지는 듣기 거북한 마찰음과 함께, 팔카치오성의 서문이 천천히 열리기 시작했다.

그리고 그 문의 안쪽에는, 늠름한 흑마黑馬에 올라탄 림롱이 뛰쳐나갈 준비를 하고 있었다.

"괜찮으시겠습니까, 림롱 님? 적들의 숫자가 제법 많습니다."

림롱의 뒤편에 있던 어둠술사 하나가 걱정스런 표정으로 입을 열었다.

그는 무려 리치 킹 샬리언이 직접 림롱에게 붙여 준, 470레벨이나 되는 강력한 네임드 NPC.

하지만 그의 걱정어린 이야기에도, 림롱은 무척이나 자신만만했다.

"걱정 마십시오, 디케일 님. 저들은 그저 오합지졸일 뿐입니다."

쿠궁─ 쿠쿠궁─!

두 사람이 대화하는 사이, 열리기 시작한 성문 사이로 환한 빛이 새어 들어왔다.

그리고 멀찍한 곳에 인간계 유저들이 포진해 있는 것이 눈에 들어왔다.

씨익 웃어 보인 림롱이 다시 입을 열었다.

"저기 보십시오. 저 녀석들은, 우리 방어 타워의 사정거리 안쪽으로 아예 들어오지도 못하고 있습니다."

"그렇기는 합니다만……."

"만약 힘에 부치는 것 같으면 타워들의 사정거리 안쪽으로 병력을 빼면 될 겁니다."

타당하기 그지없는 림롱의 말에 어둠술사 디케일 또한 고개를 주억거렸다.

"하긴, 림롱 님의 말씀이 일리가 있군요."

"그렇습니다. 이렇게 대치만 하고 있을 바에는, 차라리 밖으로 나가 놈들을 쓸어 버리고, 동문의 수성병력을 지원해야 할 것입니다."

"좋습니다. 어쨌든 우리들의 왕께서 림롱 님께 전권을 위임하셨으니, 저희는 그에 따르도록 하지요."

쿠쿵– 쿵–!

가로 10미터에 높이는 족히 20~30미터가량 되어 보이는 거대한 성문이 완전히 열리자, 그 안쪽에 대기하고 있던 언데드 군단의 함성이 커다랗게 울려 퍼진다.

"크아아아! 건방진 인간 놈들을 무찌르자!"

"감히 샬리언 님의 영역에 발을 들인 인간들을 절대로 살려 두어서는 안 된다!"

"우리들의 왕을 위하여!"

그리고 살짝 뒤를 돌아본 림롱은 흡족한 미소를 베어 물었다.

그의 뒤에 있는 이 강력한 언데드 군단이 지금부터 자신의 훌륭한 버스기사가 되어 줄 것이기 때문이었다.

'크크, 저 앞에 있는 인간계 놈들 싹 쓸어 버리고 나면, 못

해도 2레벨은 오르지 않겠어?'

전리품이야 전부 챙길 수 없겠지만 경험치만큼은 그야말로 독식이라 할 수 있었다.

게다가 상대는 인간계에서도 최상위권 레벨의 유저들로 구성된 원정대.

방어 타워의 사정거리를 교묘히 이용하여 영리하게 전투를 벌인다면 림롱이 생각하기에 이곳이야말로 노다지였다.

스르릉—!

림롱은 허리에 꽂혀 있던 검을 뽑아, 하늘 높이 치켜들었다.

일반적인 장검과 비교하면 짧지만, 단도短刀라고 하기에는 제법 길쭉한 검신을 가진 붉은 빛깔의 세검細劍.

강화 등급도 최소 3차 초월 이상으로 되었는지, 검에서는 빨간 기운이 이글거렸다.

"전군, 돌격하라! 저 건방진 인간 놈들을 모두 몰살시킨다!"

"와아아아!"

하늘을 찌를 듯한 사기를 뿜어내며, 전장을 향해 뛰쳐나가는 수많은 어둠의 군단들.

하지만 그와 반대로, 인간계 유저들의 진영은 무척이나 조용해 보였다.

분명 성문이 열리고 어둠의 군대가 쏟아져 나오는 것을, 두 눈으로 확인했을 것임에도 말이다.

그리고 그 모습에 림롱은 더욱 기분이 좋아졌다.

'후후, 역시 예상대로군. 하긴, 저 머저리들이 지금 할 수 있는 게 뭐가 있겠어?'

타탓—!

흑마를 타고 달리던 림롱은 돌연 말의 등을 밟고 허공으로 뛰어 올랐다.

그러자 그의 신형이 짙게 깔린 어둠 속으로 스며들었다.

사실 마상전馬上戰은 암살자에게 어울리는 것이 아니었다.

그가 지금부터 하려는 것은 어둠 속에 스며들어 최대한 많은 인간계 유저들을 암살하는 것이었다.

"와아아아!"

"돌격!"

시간이 지날수록 어둠군단과 원정대 진영 사이의 거리가 점점 가까워졌다.

처음에는 100미터도 넘었던 두 진영 간의 거리가, 50미터, 30미터로, 급속히 줄어들었다.

이제는 상대의 면면이 육안으로 확인될 정도로 무척이나 가까워진 일촉즉발의 상황.

하지만 그때까지도, 인간계의 유저들은 미동조차 하지 않았다.

모르는 사람이 봤더라면, 수성군과 공성군의 진영이 바뀌었다고 생각할 정도였다.

'방어 타워 사거리 안으로 들어올 수는 없을 테니, 저놈들

도 어쩔 수 없겠지.'

그렇다면 인간계의 유저들은, 림롱의 짐작처럼 방어 타워들의 사정거리 때문에 움직일 수 없는 것일까?

사실 조금만 더 림롱이 침착했더라면, 뭔가 이상하다는 것을 느낄 수 있었을지도 모른다.

아무리 방어타워의 사정거리 때문에 움직임이 제약된다고 해도, 수많은 적들이 갑자기 뛰쳐나왔는데 아무런 움직임을 보이지 않는 것은 말이 되지 않기 때문이었다.

최소 병력들을 뒤로 움직여 전선戰線을 뒤쪽으로 빼는 것이 정상적인 움직임이라 할 수 있었다.

지금 이대로 난전이 벌어진다면, 절반쯤은 방어 타워의 사정거리 안에서 전투가 벌어지게 되기 때문이었다.

인간계의 지휘관이 아무리 멍청하더라도, 그런 우를 범할 확률은 많지 않았다.

하지만 지금의 림롱은 본인의 머릿속에 있는 그림에 너무 큰 확신을 가진 상태였다.

게다가 인간계 유저들 중 가장 강력한 전력들이 전멸했다고 굳게 믿고 있는 상황.

이러한 상황에서 완벽한 상황판단을 하는 것은, 아무리 림롱이라도 힘든 것이었다.

"후후, 한번 놀아 볼까?"

작게 중얼거린 림롱의 신형이 길쭉하게 늘어나며 전방을

향해 쏘아졌다.

암살자 클래스의 최상위 티어 스킬 중 하나인 '쉐도우 블링크Shadow Blink'가 발동된 것이다.

그런데 그 순간이었다.

둥- 둥- 둥-!

조용하기 그지없던 인간계 유저들의 진영으로부터, 거대한 전고 소리가 울려 퍼지기 시작했다.

'어라? 이것들 봐라?'

전고 소리가 울려 퍼진다는 것은, 곧 전군이 일제히 움직인다는 것을 의미했다.

그것이 퇴각이 되었든 진격이 되었든.

전장의 모든 아군이 한 번에 움직일 때만 울리는 것이 바로 전고戰鼓였다.

처음에 인간계 유저들의 진영에서 전고가 울리는 것을 듣고, 림롱은 당연히 퇴각 명령일 것이라 생각했다.

하지만 웬걸.

놈들은 일제히 전방을 향해 돌격하고 있었다.

'뭐지? 얘들이 단체로 실성한 건가?'

정말 일말의 예상도 할 수 없었던, 당황스럽기 그지없는 전개였다.

림롱은 당황할 수밖에 없었으나, 그와 별개로 눈빛은 더 날카로워졌다.

인간계의 유저들이 제 발로 호구虎口에 머리를 들이밀었으니, 전부 씹어 먹어 주면 그만이었다.

이해하기 힘든 상황이기는 했지만, 결과는 달라지지 않을 것이었다.

림롱은 언데드 군단을 통솔하기 위해 은신을 다시 풀고 목청 높여 소리쳤다.

"전군, 돌격을 멈추고 뒤로 물러서라! 인간계 놈들이 타워의 사거리 안으로 들어오면, 그때 놈들을 집어삼킨다!"

하나, 둘, 셋.

림롱은 속으로 천천히 숫자를 세었다.

이제 잠시 후면, 이 전장에 아비규환이 펼쳐질 것이었다.

이미 포격 준비를 전부 끝내 놓은 후방의 방어 타워들이, 일제히 공격을 쏟아부을 것이기 때문이었다.

그리고 마법 포탑들의 강력한 공격으로 완벽히 양념된 인간계 유저들을 깔끔하게 마무리하는 것은 림롱 자신의 몫이 되리라.

척—!

포격 타이밍을 재고 있던 림롱이 오른손을 허공으로 높이 치켜 올렸다.

이것은 바로, 포탄을 장전하라는 의미의 제스처.

이어서 림롱은 후방으로 슬쩍 시선을 돌려 방어 타워들이 제대로 작동하는지 확인했다.

포탑들은 림롱의 오더대로 서서히 포문을 열고 있었다.

'좋아, 조금만 더……!'

림롱의 두 눈이 날카롭게 빛났다.

사실 림롱이 팔을 치켜 올린 순간이, 인간계 유저들이 포탑의 최대사거리 안쪽으로 진입하기 시작한 시점이었다.

때문에 지금 당장 포격을 시작하더라도, 인간계의 유저들에게 막대한 피해를 입힐 수 있을 것이다.

하지만 림롱이 기다리는 이유는 간단했다.

'단 한 놈도 살려 보낼 수 없지.'

먹잇감이 완전히 입 안으로 들어오기 전까지, 입을 닫기 싫었던 것이다.

슈우웅— 콰콰쾅—!

그리고 잠시 후, 인간계 진영 원거리 딜러들의 공격이 언데드 진영까지 닿을 정도로 진영 사이의 거리가 좁혀졌다.

이제 때가 된 것이다.

조금 더 기다릴 수 있으면 더 좋겠지만, 이 이상 저들에게 거리를 내어 주면 언데드 진영도 적잖이 피해를 입을 것이다.

다시 림롱의 목소리가 전장에 힘껏 울려 퍼졌다.

"지금이다! 포격 개시!"

척–!

림롱은 하늘 높이 들어 올렸던 오른팔을, 아래로 힘껏 내리그었다.

포격을 시작하라는 명령이 담긴 제스처였다.

이제 허공은 수많은 마탄魔彈으로 수놓아질 것이고, 인간계 유저들은 전멸에 가까운 피해를 입을 것이다.

림롱은 오더를 내린 즉시, 다시 쉐도우 블링크를 시전했다.

누구보다 빨리 전장으로 뛰어나가서, 빈사 상태가 된 인간계 유저들을 쓸어 담아야 하니 말이다.

타탓– 탓–!

경쾌한 발소리와 함께 림롱의 신형이 전방으로 쏘아졌다.

하지만 잠시 후, 림롱은 뭔가 잘못되었음을 깨달을 수 있었다.

퍼펑– 펑– 펑–!

분명 포격이 시작된 것은 맞았으나, 생각했던 것보다 훨씬 그 규모가 빈약했기 때문이었다.

아니, 그것은 빈약 수준이 아니었다.

초라하기 그지없는 물리 속성 타워들의 탄환만이 전장에 듬성듬성 떨어지고 있었으니까.

"……!"

심지어 그 포격들조차도 인간계 마법사들이 광역 실드로 완벽히 막아 내고 있었다.

"이거 대체 뭐야? 버그도 아니고!"

당황한 나머지 육성으로 비명을 토해 낸 림롱.

이대로 싸우다가는 10분도 채 버티지 못하고 전사하게 될 것이 분명했다.

지금 림롱이 뛰어든 위치는 적진의 한복판과 다름없었고, 아무리 림롱이 뛰어나다 하더라도 다굴에는 장사가 없었으니까.

게다가 림롱을 포위한 유저들은 인간계의 최상위 랭커들이었다.

상황이 이쯤 되자, 림롱은 엉뚱한 곳을 의심할 수밖에 없었다.

'뭐지? 리치 킹이 배신한 건가? 이건 거의 대놓고 엿을 먹이겠다는 수준인데?'

하지만 그 의심도 오래 가지는 않았다.

리치 킹이 배신했다기에는, 어둠군단 진영의 언데드들도 속수무책으로 부서져 내리고 있었기 때문이었다.

림롱은 어찌 된 상황인지 파악할 수 없었지만, 고래고래 소리를 지르기 시작했다.

그가 선택할 수 있는 선택지는 단 하나뿐이었다.

"퇴각! 모두 퇴각하라! 우선 성안으로 다시 들어간다!"

암살자의 기동력은, 그 어떤 클래스보다도 뛰어나다.

림롱은 그 빠른 기동력을 이용해, 순식간에 언데드 진영으로 되돌아왔다.

인간계 유저들의 공격에 당해 생명력은 넝마가 되어 버렸지만, 그래도 살아서 성안으로 들어갈 수는 있을 것이었다.

일단 성안으로만 들어간다면, 목숨은 부지할 수 있으리라.

우우웅― 촤아악―!

림롱의 붉은 검이 웅장한 울음소리를 토해 내더니, 전방으로 붉은 기운을 쏘아냈다.

이어서 그 새빨간 그림자 속으로 림롱의 신형이 스며들었다.

림롱의 주 무기이자 최강의 무기 중 하나인 블러디 리벤지 Bloody Revenge.

그 고유 능력인 블러드 스플릿이 발동된 것이다.

이는 평소에 피를 머금고 있던 단검이 그 기운을 뿜어내며, 전방의 모든 적을 베고 지나가는 강력한 돌진 기술이다.

하지만 림롱의 기분은 무척이나 참담했다.

이 강력한 공격 기술을 도주에 써야 할 상황이 올 줄은, 상상도 못했기 때문이었다.

'으으, 뭐가 어떻게 된 거지? 타워는 대체 왜 작동을 안 하는 거야? 것도 전부 멈춘 것도 아니고 일부만 작동되는 건 또 뭔데?'

지금의 상황에 대해 도저히 이해할 수 없는 림롱의 머릿속은 점점 백지 상태가 되어 갔다.

그것은 당연한 것이었다.

 애초에 림롱의 모든 추측에는 이안과 샤크란의 정예 부대가 전멸했다는 가정이 깔려 있었기 때문에, 답이 나올 수 없는 것이다.

 그리고 잠시 후……

 그긍– 그그그긍–!

 하얗게 물들던 림롱의 머릿속이, 아예 사고를 멈춰 버렸다.

 살아남기 위해 어떻게든 성문 앞까지 도망쳐 왔건만, 열려 있던 성문이 닫히고 있었던 것이다.

 성문의 높이는 수십 미터에 달했고, 이미 절반 이상이 끌려 올라가 있었으니, 아무리 림롱이라 하더라도 그 안으로 들어갈 방법은 없었다.

 닫히는 성문 앞에 망연한 표정으로 멈춰 선 림롱이 커다란 목소리로 절규했다.

 "으아아아!"

 소리치는 것 말고는 그야말로 아무 것도 할 수 없는, '사면초가'라는 말이 딱 들어맞는 지금의 상황.

 이어서 잠시 후.

 퍼억–!

 림롱의 눈앞에 황금빛의 벼락이 치는가 싶더니, 뭔가 커다란 충격이 전신을 관통했다.

 그리고 림롱은 그것으로 게임 아웃임을 직감할 수 있었다.

생명력이 30만도 채 남지 않은 상황에서 이만한 충격을 받으면 그대로 즉사라는 것을, 본능적으로 알고 있는 것이다.

림롱은 전신에서 힘이 쭉 빠져나가는 것을 느끼며, 허탈한 표정으로 두 눈을 감았다.

생명력 게이지가 줄어들고 시야가 어두워지는 그 찰나의 시간 사이에, 오만가지 생각이 머릿속을 오고 갔다.

'젠장, 이안과 샤크란을 잡은 것으로 만족해야 하는 건가.'

하지만 그 생각이 끝나기도 전, 림롱은 두 눈을 부릅뜰 수밖에 없었다.

어두워진 시야의 한편에 믿을 수 없는 메시지가 떠올라 있었기 때문이었다.

─인간계 유저 '이안'이 '심판의 번개'를 발동시켰습니다.

─인간계 유저 '이안'에게 치명적인 피해를 입었습니다.

─생명력이 1,279,830만큼 감소합니다.

─생명력이 모두 소진되었습니다.

─캐릭터가 사망하였습니다.

'뭐, 뭐라고?'

림롱은 자신도 모르게 육성으로 입을 열었다.

하지만 목소리가 나온 것은 캡슐 안에 누워 있는 현실 속의 그에게서였다.

이미 사망 판정이 떠오른 림롱의 캐릭터가 입을 열 수 있을 리는 없었다.

그리고 흐릿하게 남아 있는 그의 어두운 시야에 익숙한 한 남자의 얼굴이 들어왔다.

당연한 이야기겠지만, 그는 바로 이안이었다.

"무기는 잘 쓸게, 림롱. 나중에 또 보자고."

어느새 드롭된 자신의 아이템을 챙긴 것인지 '블러디 리벤지'를 들어 올린 채 씨익 웃어 보이는 이안.

그 순간 시야가 완벽히 어두워지며 접속이 종료되었지만, 림롱은 캡슐 안에서 일어날 수 없었다.

그저 멍한 표정으로 그 안에서 한참을 누워 있어야 했다.

"대체 어떻게……."

이안은 대체 무너지는 던전 안에서 어떻게 살아남은 것일까?

"하, 하하, 하하핫!"

허탈한 나머지, 림롱의 입에서는 쉴 새 없이 헛웃음이 새어 나왔다.

─이거 이렇게 되면, 림롱은 이제 갈 곳이 없어요!

─아아, 이안이 나타났습니다! 이안이 들고 있던 황금빛 창을 림롱을 향해 던졌습니다!

─역시 이안! 움직이는 적도 논 타깃 스킬로 죄다 맞춰 내는 이안이,

움직이지 않는 림롱을 맞추지 못할 리가 없죠!

　-그렇습니다! 이안이, 이안이, 이걸 또 해내네요!

　YTBC의 중계석은, 그야말로 난리가 났다.

　팔카치오성에서 벌어지는 이 일련의 상황들이, 너무도 다이내믹했기 때문이었다.

　함정에 함정이 이어졌던 비밀 통로 던전의 전투에서부터 시작해서, 림롱이 완벽히 외통수에 걸려든 지금의 상황까지.

　반전에 반전을 거듭한, 각본 없는 드라마였던 것이다.

　그리고 이 안에 완벽히 몰입한 중계진들은 이제 목청이 쉬어 버릴 지경이었다.

　-정말 대박입니다! 이안은 림롱 덕분에 오히려 더 좋은 상황이 되어 버렸어요!

　-그렇습니다! 림롱이 리치 킹의 정예군을 일부 빼내 온 덕분에, 내성을 뚫기가 더 쉬워졌다고 할 수 있겠습니다!

　-이게 이런 식으로 전개될 줄 누가 상상이나 했을까요?

　-그나저나 마계 유저들은 너무 안타깝네요. 정말 아무것도 해 보지 못하고 몰살당해 버렸어요.

　-그러게 말입니다. 실력 발휘라도 해 보고 아웃당했으면 억울하지라도 않을 텐데 말이죠.

　게임 TV의 중계진은 원칙대로라면 중립을 지켜야 한다.

　유저 VS NPC의 구도라면 당연히 유저의 입장에서 해설을 하겠지만, 지금과 같은 유저 VS 유저의 상황에서 한쪽의 편을 들어줄 수는 없는 것이다.

하지만 사람의 심리라는 게 그렇게 칼 같을 수는 없다 보니, 중계진은 은연중에 인간계 유저들의 입장에서 계속 해설을 하고 있었다.

그리고 그것은 그들이 인간계 랭커들의 팬이어서가 아니었다.

지금껏 계속 인간계가 불리한 상황이었기 때문에, 내심 그들을 응원하게 되었던 것이다.

게다가 그 불리한 상황을 극복하는 역전 드라마가 펼쳐지다 보니, 더더욱 몰입될 수밖에 없었다.

하지만 그것도 지금까지일 뿐이다.

마계의 마지막 남은 랭커였던 림롱마저 너무도 무기력하게 사망하는 모습을 보니, 이제 해설진은 마계 유저들에게 몰입되기 시작했다.

─하인스 님, 저는 이해가 잘 안 돼요. 림롱은 이안이 살아 있다는 사실을 몰랐던 걸까요?

─물론입니다. 림롱은 이안이 그 완벽한 함정에서 살아남았다는 사실을 짐작조차 할 수 없었겠죠.

─아니, 그 말이 아니에요. 분명 이 방송을 보고 있는 마계의 유저분들이 계실 거고, 그중에는 림롱 유저의 지인도 있을 것이라는 말이죠.

─아, 물론 그렇겠죠.

─그들이 게임에 접속해서, 림롱에게 알려 주지 않았을까요? 그랬으

면 이렇게까지 궁지에 몰리지는 않았을 텐데요.

　-하하, 루시아 님, 마계의 유저들은 림롱에게 정보를 줄 방법이 없습니다.

　-예? 어째서죠?

　-그야 차원이 다르기 때문이죠.

　-아!

　-아마 파티 채팅 말고는 차원 너머에서 들을 수 있는 채팅이 없을 겁니다. 그리고 그것도 사실 별로 의미는 없어요.

　-림롱에게 남아 있는 파티원이 없었기 때문인가요?

　-그것도 그렇지만, 차원이 갈라진 채로 일정 시간이 지나면 파티가 자동으로 해체되어 버리니까요.

　-아, 그렇군요. 대단해요! 역시 하인스 님께선 카일란의 세세한 설정까지 전부 다 알고 계시는군요.

　-하하, 별말씀을요.

　-그나저나 림롱 정말 불쌍하네요. 사망하면서 하필 주력 무기로 사용하던 아이템을 드롭해 버린 것 같은데 말이죠.

　-림롱도 림롱이지만, 저는 허무하게 부활 아티팩트 날려 버린 마틴이 조금 더 불쌍한 것 같습니다.

　불쌍한 마계 유저들에 대한 이야기를 나누던 해설진들은 그 이야기를 계속해서 할 수 없었다.

　어느새 서문을 뚫고 진격하기 시작한 원정대의 랭커들이, 내성과 가까워지고 있었기 때문이었다.

원정대의 병력들은, 마치 성난 파도처럼 내성을 향해 밀려들었다.

　그리고 그들이 내성의 서쪽 성벽에 도달한 순간이었다.

　쿵— 쿵— 쾅—!

　외성에 비해 내구도가 약한 내성의 성벽이 힘없이 무너져 내리기 시작했다.

　이안이 활약하는 동안 토르와 함께 내성 안쪽으로 잠입한 세리아가, 서쪽 성벽을 무너뜨려 버린 것이었다.

　그렇게 에피소드의 마지막 보스, '리치 킹 샬리언'을 향한 고속도로가 만들어졌다.

　짙은 어둠이 깔려 있는 팔카치오 왕궁.

　그 중심부에 있는 웅장한 공간의 한복판에 보랏빛의 기운이 일렁였다.

　우우웅—!

　그리고 잠시 후, 보랏빛의 광원을 뚫고 시커먼 그림자가 하나 나타났다.

　허공에서 떨어져 내린 그림자는 내려앉는 즉시 무릎 꿇고 부복하며 다급한 목소리로 입을 열었다.

　"왕이시여, 적들이 내성 안쪽으로 진입하고 있나이다. 적들의 기세가 예상보다 강력합니다!"

그러자 그 목소리가 공간 여기저기에 메아리처럼 울려 퍼졌다.

왕성의 내부가 드래곤의 레어를 연상케 할 정도로 거대한 공간이다 보니, 그 울림은 한참이 지난 뒤에야 잦아들었다.

그리고 잠시 후, 듣기 거북한 소리와 함께 거대한 왕좌가 천천히 회전했다.

끼익- 끼기긱-!

이어서 그 왕좌에 앉은 거대한 그림자로부터 칼칼한 목소리가 흘러나왔다.

"호들갑 떨지 말라. 내 이미 알고 있으니."

펄럭-!

새카만 흑빛의 왕좌에서 일어난 샬리언의 신형이 천천히 허공으로 떠올랐다.

그러자 그의 망토가 바람에 날리며 한차례 크게 펄럭였다.

사실 그의 하수인이 보고하기 전부터 그는 바깥의 상황을 알고 있었다.

외성이 뚫렸을 때는 곧바로 알아채지 못하였지만 내성이 뚫린 순간 적들의 침입을 알아챈 것이다.

내성의 안쪽은 샬리언의 힘이 닿는 완벽한 권역圈域이었으니까.

죽은 자들의 땅을 짓밟는 불쾌한 기운들을 느끼며, 샬리언은 이를 뿌드득 갈았다.

그의 머릿속에는 얄쌍하게 생긴 한 마족이 떠올라 있었다.

'후우, 멍청한 마족 놈을 믿는 게 아니었나.'

마신 데이드몬이 게이트를 통해 보내 준 지원군 중 유일하게 살아남아 자신이 내린 임무를 완수했던 마족인 림룽.

분명 그는 샬리언이 보기에도 뛰어나 보이는 인재였고, 그렇기에 스스럼없이 정예부대를 내어 주었다.

그런데 어찌 된 일인지, 놈이 내성 바깥으로 나가고 얼마 지나지도 않아서 모든 방어선이 뚫려 버렸다.

상식적으로 도저히 이해할 수 없는 상황이었다.

놈이 배신하여 성문을 열어 주기라도 한 것이 아니라면 결코 있을 수 없는 상황이었다.

'하지만 상관없지. 나의 권능 아래 전부 무릎 꿇리면 그뿐.'

구구궁─!

망토를 펄럭이며 허공 높이 솟아오른 샬리언이 두 손을 번쩍 치켜들었다.

그러자 그의 바로 앞에, 세 구의 그림자가 불쑥 솟아올랐다.

"부르셨나이까, 왕이시여."

"신, 록페르. 왕의 명을 받들겠나이다."

"죽은 자들의 왕을 뵙나이다."

동시에 샬리언의 앞에 부복하며 고개를 조아리는 세 명의 그림자들.

그들을 내려다본 샬리언이 천천히 입을 열었다.

동시에 그의 주변으로 시커먼 기운이 뿜어져 나오기 시작했다.

"왕의 권능으로 명하노니…….."

그의 말이 시작되자 왕성 전체가 가늘게 진동했다.

쿠쿵- 쿠구궁-!

"내 땅 위에 살아 있는 모든 것들을 멸하라!"

그리고 잠시 후, 성안에 깔려 있는 어둠을 뚫고 수많은 어둠의 그림자들이 모습을 드러냈다.

팔카치오성은 콜로나르 대륙의 수많은 요새들 중에서도 열 손가락에 꼽을 만큼 복잡한 구조를 가지고 있었다.

외성과 내성 사이의 공간마저 전부 방어 시설들로 가득 채워져 있었으니, 사실 '무식한' 구조라고 이야기하는 게 더 옳은 표현일 수도 있겠다.

평범한 성의 경우, 외성과 내성 사이의 공간 또한 상업지역과 주거지역으로 구성되어 있는 것이 일반적이었으니 말이다.

그런데 팔카치오 내성의 안쪽은 '복잡함'과 완벽히 상반되는 구조를 가지고 있었다.

따로 방어 시설이 있기는커녕 어떤 건축물조차 보이지 않는 황량한 평원이었으며, 다만 그 위로 수많은 비석碑石들이 줄지어 늘어서 있었다.

그리고 그 중심에는 하늘을 찌를 듯 웅장한 위용을 지닌 왕성이 뾰족하고 높게 솟아 있었다.

그 모습은 무척이나 기이해서 보는 이들로 하여금 소름이 돋게 할 정도였다.

"휘유, 드디어 샬리언과의 재회인가……."

멀찍이 보이는 샬리언의 왕성을 확인한 이안이, 긴장된 표정으로 한 걸음 내디뎠다.

그러자 훈이가 그의 뒤에 바싹 따라붙으며 겁에 질린 목소리로 중얼거렸다.

"으, 여기 뭔가 좀 으스스한데?"

"뭐가?"

"이거 공동묘지가 따로 없잖아. 꼭 귀신 나올 것 같은 분위기야."

그에 이안이 피식 웃으며 핀잔을 주었다.

"너 혹시……. 지금 무서운 거냐?"

"그, 그럴 리가 없잖아!"

"에이, 지금 다리 후들거리는 게 눈에 보이는걸?"

"아냐! 형이 잘못 본…… 거야. 어둠의 군주인 내가 이런 곳을 무서워할 리 없, 없지!"

"말이나 더듬지 말든가."

"……."

풀죽은 표정으로 슬쩍 자신의 뒤에 숨는 훈이를 보며 이안은 실소를 머금었다.

훈이의 하는 짓이 제법 귀여웠기 때문이었다.

'이럴 때 보면 영락없는 초딩인데. 아니, 생각해 보니 언제 봐도 초딩이었던 것 같군.'

사실 훈이의 반응은 이상한 것이 아니었다.

지금 원정대의 눈앞에 펼쳐진 광경은 성인인 이안조차도 소름이 살짝 돋을 정도로 기괴한 모습이었으니 말이다.

온통 시커먼 가운데 지평선 끝에 핏빛 노을이 걸려 있는 하늘, 새하얀 설원 여기저기에 수북하게 쌓여 있는 해골바가지들, 그리고 그 사이로 여기저기 솟아있는 수많은 비석들까지.

당장에 발밑에서 좀비가 튀어나와 달려들어도 이상하지 않은, 그런 비주얼이라고 할 수 있었다.

옆에 있던 샤크란이 묵직한 목소리로 입을 열었다.

"저기 보이는 저 왕성 안에 샬리언이 있겠지?"

"아마, 그렇겠죠."

"어떻게 할 거냐, 꼬마? 여세를 몰아서 단번에 길을 뚫는 게 좋아 보인다만……."

샤크란은 말을 마치며 허리에 꼽혀 있던 장검을 뽑아 들었다.

그리고 그와 미리 맞추기라도 한 듯 이안 또한 검을 뽑아 들었다.

스르릉―!

하늘을 향해 영롱한 붉은 빛을 뿜어내는, 아름다운 검신을 가진 한 자루의 검.

림룽으로부터 얻은 전리품인 '블러디 리벤지'였다.

샤크란과 눈이 마주친 이안이 천천히 고개를 끄덕였다.

"물론 그렇게 해야겠죠. 다만…….."

"다만?"

"긴장을 늦춰서는 안 될 겁니다. 보이지 않는 어떤 함정이 또 숨어 있을지 모르니까요."

"후후, 동감이다."

대화를 마친 두 리더는 각자 길드의 병력들을 빠르게 재정 비하기 시작했다.

마음이 급한 이안조차도 이제는 서둘지 않았다.

지금까지 쉴 새 없이 달려온 덕에 시간적 여유가 제법 생겼 으며, 이제는 마지막 단추만 꿰면 되는 상황이었으니 말이다.

샬리언을 사냥하는 것이 얼마나 어려울지는 알 수 없었지 만, 이 마지막 사냥만 끝내면 에피소드의 끝을 볼 수 있다는 것만큼은 확실해진 것이다.

그리고 잠시 후, 정비를 마친 로터스와 타이탄의 병력들이 일제히 왕성을 향해 진격하기 시작했다.

타탓- 타타탓-!

원정대의 유저들은 잔뜩 긴장한 표정으로 공동묘지를 가로질러 달렸다.

그런데 유저들이 공동묘지의 한복판에 다다랐을 때, 별안간 큰소리가 울려 퍼졌다.

-왕의 권능으로 명하노니…….

쿠쿵- 쿠쿠쿵-!

듣기만 해도 소름이 돋을 정도로, 사이하고 기괴한 목소리.

그와 함께 성 전체가 진동하기 시작하자, 이안은 극도로 긴장하였다.

'광역 함정이라도 발동시키려는 건가?'

리치 킹 샬리언은 현존하는 최강의 흑마법사라고 할 수 있다.

어둠의 신룡 루가릭스보다도 강력한 흑마법들을 구사할 것이 분명한 것이다.

그리고 흑마법 중에는 강력한 광역 피해를 입힐 수 있는 공격 마법들이 수두룩하다.

하물며 이렇게 광역 마법을 격중시키기 좋은 드넓은 평원임에야 말할 것도 없었다.

이안이 광역 흑마법을 가장 먼저 떠올린 이유도 여기에 있었다.

"닉, 준비해!"

끼아아오-!

이안은 광역 마법의 카운터라고 할 수 있는 닉의 고유 능력을 곧바로 대기시켰다.

하지만 다음 순간, 잘못된 판단이었음을 깨달을 수 있었다.

-내 땅에 살아 있는 모든 것들을 멸하라!

키아아악!

캬아아오!

샬리언의 목소리가 연이어 울려 퍼지더니, 바닥에서 셀 수 없이 많은 언데드들이 일어서기 시작한 것이다.

게다가 언데드들의 정체는, 일반적인 스켈레톤 병사들도 아니었다.

대부분이 워리어나 나이트 이상의 상위 등급을 가진 언데드들.

심지어……

'미친, 레벨이 뭐 다 이따위야?'

-죽음의 심판자 : Lv.485

나타난 언데드들의 평균 레벨이 480이 훌쩍 넘는 수준이었다.

이안은 순간적으로, 재빨리 상황을 판단했다.

'이놈들은 정면으로 싸우라고 만들어 놓은 녀석들이 아니야. 이대로 싸우다간 30분도 못 버티고 전멸할 거야.'

평균 480대의 레벨에, 유일~영웅 등급 정도에 랭크되어 있는 언데드 몬스터들.

물론 이안 본인이나 샤크란이라면 이 정도의 몬스터들은 큰 어려움 없이 상대해 낼 수 있었다.

하지만 원정대의 모두가 그런 것은 아니었다.

절반 이상의 원정대원들이 480레벨대 죽음의 기사 하나도 감당해 내지 못할 것이었고, 그러다 보면 하나둘 죽어 나갈 것이다.

그리고 다른 유저들의 서포팅 없이는 이안이나 샤크란도 이 녀석들을 상대해 낼 수 없었다.

'뭘까? LB사에서 이 정도로 난이도를 파괴했을 리는 없어. 분명 뭔가 있을 텐데…….'

이안은 빠르게 병력들을 통솔하여 진형을 응집시켰다.

본래의 진영이 빠르게 길을 뚫기 위한 삼각편대였다면, 변화된 진영은 방어진에 가까운 원 형태의 진영이라 할 수 있었다.

돌파를 강행하지 않고 버티기를 선택한 것이다.

이안이 판단하기에 지금은 병력을 하나라도 더 보존해야 할 타이밍이었다.

'480레벨대의 언데드 수백을 상대로 강행돌파는 미친 짓이지. 정말 저 미친 병력을 전부 다 사냥해야 하는 상황이라 하더라도 버티면서 하나씩 차근차근 줄여 나가야 해.'

이안과 샤크란은 진영을 조금씩 움직여서 최대한 고지대

에 자리를 잡았다.

기획자의 의도를 파악할 때까지 디펜스 게임을 하듯 병력을 운용할 생각이었다.

"단 한 분도 사망해서는 안 됩니다. 분명 살아남기만 하면 방법이 생길 겁니다!"

이안은 진영 곳곳을 돌아다니며 지속적으로 '생존'을 주지시켰다.

이렇게 압도적으로 병력이 열세인 상황에서 진영의 한 곳이라도 망가진다면, 물이 가득 찬 둑이 터지듯 한 번에 전멸할 수도 있기 때문이었다.

"막타가 중요한 게 아닙니다! 딸피가 보여도 지금은 좀 참아 주세요!"

한 대만 맞으면 사망할 것 같은 생명력 게이지로, 곳곳에서 유저들을 유혹하는 언데드들.

그러나 원정대 유저들은 꿋꿋이 자신의 자리를 지키며 방어진을 유지하였고, 시간이 지날수록 진영은 점점 더 견고해졌다.

그리고 그렇게 10여 분 정도가 지났을까?

어디선가 고막이 먹먹해질 정도로 커다란 공명음이 울려 퍼지기 시작했다.

우우우웅―!

"……!"

이어서 이안의 시선은, 반사적으로 소리가 울려 퍼진 곳을 향해 돌아갔다.

핏빛 노을이 걸려 있던 지평선의 끝자락.

그곳에는 시커먼 초승달이 천천히 떠오르고 있었다.

-'죽은 자들의 왕'이 강력한 권능을 발현합니다.

-하늘에 다크 문이 떠올랐습니다.

-'어둠의 군단' 병사들이 '어둠의 광폭화' 상태가 되었습니다.

-어둠의 달이 하늘에 떠 있는 동안, 어둠의 군단의 전투 능력이 25퍼센트만큼 강력해집니다.

-어둠의 달이 지고 나면 '어둠의 광폭화' 상태가 해제됩니다.

-다크 문 지속 시간 : 00:39:59

주르륵 떠오르는 시스템 메시지를 확인한 이안은 속으로 안도의 한숨을 내쉬었다.

'무리해서 돌파를 강행했으면 진짜 전멸할 뻔했군.'

480레벨대 언데드들의 전투력이 25퍼센트만큼 강력해졌단 말은, 수치상으로 600레벨에 육박하는 수준이 되었다는 이야기였다.

이 상황에서 방어진이 아닌 공격형 진영이었다면, 순식간에 진영이 무너지고 전원 전멸을 면치 못했을 것이었다.

더해서 이제는, 기획자의 의도 또한 확실히 파악할 수 있었다.

'역시 버티라는 얘기였어. 무슨 짓을 해서든 40분만 버티

고 나면, 충분히 해볼 만하겠지.'

이안은 '다크 문'이라는 것을 지금 처음 보았지만, '어둠의 광폭화'라는 버프는 아주 잘 알고 있었다.

그것은 이안뿐 아니라 여기 있는 대부분의 유저들도 마찬가지일 것이었다.

'어둠의 광폭화'는 흑마법사라면 누구나 배울 수 있는 기초적인 버프 스킬이었으니 말이다.

다만 흑마법사들이 배울 수 있는 어둠의 광폭화는 단일 대상 버프였고, 리치 킹의 권능은 수백의 언데드들을 전부 강화한다는 차이점이 있기는 했다.

'어둠의 광폭화가 끝난 뒤 20분. 그 안에 여길 전부 쓸어버려야 해.'

어둠의 광폭화는 별다른 조건 없이 발동시킬 수 있는 강력한 버프였지만, 부작용이 하나 있었다.

지속 시간이 끝나고 나면, 그 절반만큼의 시간 동안 같은 계수만큼의 디버프가 걸리게 되는 것이다.

40분 동안 지속되는 25퍼센트짜리 어둠의 광폭화였으니, 광폭화가 끝나고 나면 20분 동안 −25퍼센트의 디버프가 걸리게 될 터였다.

480레벨대의 언데드들이 360레벨대 수준으로 약해진 그 순간, 그때가 원정대의 기회라고 할 수 있었다.

'좋아. 우주 방어는 또 내 전문이니까!'

원진의 정중앙으로 이동한 이안이, 오른손을 번쩍 하고 치
켜 올렸다.

　　그러자 어느새 이안의 어깨에 올라 타 있던 뿍뿍이의 등껍
질이 파랗게 빛나기 시작했다.

팔카치오 왕성의 전투

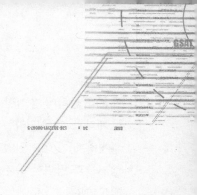

　'리치 킹' 에피소드의 전체적인 난이도는, 카일란 한국 서
버 유저들의 평균 수준에 비해 무척이나 높게 설정되어 있
었다.

　처음 유저들이 에피소드를 접했을 때, 언데드들의 레벨대
를 보고 적잖이 당황했을 정도.

　하지만 표면적으로 보았을 때 그렇다 뿐이지 실질적인 난
이도는 사실 적절하게 책정되었던 것이 맞았다.

　에피소드를 구성하는 몬스터들의 레벨이 높기는 하지만
그들이 전부 '언데드'라는 종족으로 한정되어 있었으며, 공격
타입 또한 '어둠' 속성이 대부분이었기 때문이다.

　쉽게 말하자면, 한 가지 타입으로만 적들이 구성되어 있기

때문에 공략이 용이할 수밖에 없다는 말이다.

게다가 '언데드'라는 종족은 타 종족에 비해 강점과 약점을 뚜렷하게 가지고 있었고, 때문에 게임에 대한 이해도가 높은 랭커들과 평범한 유저들 사이의 공헌도 격차가 많이 벌어지기도 했다.

그리고 지금 여기, 에피소드의 마지막 전장인 팔카치오 내성에서도 랭커들은 놀라운 활약을 보여 주고 있었다.

－어, 어어! 소울 브레이크! 이안이 위험합니다! 소울 브레이크가 차징되었어요!

－이번에는 아무리 이안이라고 해도 피할 수 없을 것 같은데요?

－돌진기, 순간 이동기. 전부 재사용 대기 시간이 돌아오지 않았을 거예요! 공간왜곡도 방금 전에 사용한 것 같고요. 아, 설마 이안, 게임아웃당하나요?

－조금만 더 버티면 되는데요!

죽음의 기사단장 샤웰론.

네임드 몬스터인 샤웰론의 거대한 도끼가 지면을 있는 힘껏 찍어 내렸다.

그리고 갈라진 지면으로부터 강렬한 어둠의 기운이 뿜어져 올라왔다.

어둠 속성의 강력한 CC기인 '어둠의 속박'에 이어 최강의 단일 공격 기술 중 하나인 '소울 브레이크'가 터진 것이다.

　그 대상은 바로 원정대 전체의 리더라고 할 수 있는 유저인 이안.

　누가 보아도 이안이 게임아웃될 것처럼 보이는 이 상황에 중계진의 입에서 탄식이 새어 나왔다.

　─아, 이안이 여기서 아웃되면 상황이 급격히 나빠지거든요!

　─하인스 님, 이안이 저걸 맞고 살아남을 수는 없겠죠?

　─그건…… 없다고 봐야 합니다. 계수가 거의 2천에 가까운 단일 기술인데, 시전하는 기사단장 샤웰론의 레벨이 495거든요. 거기에 어둠의 광폭화까지 걸려 있으니……. 모르긴 몰라도 대미지 1천만 정도는 가뿐하게 넘길 것 같습니다.

　─아, 그렇군요. 다크 문이 떨어지기까지 이제 1분도 채 남지 않았는데, 마지막 순간에 이안이 치명적인 실수를 했어요!

　─사실 실수라고 하기도 좀 애매하긴 합니다.

　─그것도 그러네요. 방금 상황에서는 어둠의 속박을 피할 방법 자체가 없었으니까요.

　소울 브레이크는 단일 공격 기술이지만, 그와 동시에 논타깃 스킬이다.

　무기를 있는 힘껏 찍어 내려 바닥에 균열을 만들고, 그 균열 사이로 뿜어져 나온 어둠의 기운이 적을 향해 쏘아지는 방식이었다.

덧붙이자면 투사체의 속도가 무척이나 느려서, 사실상 CC 기와 연계하는 것이 아니라면 맞추는 것이 불가능에 가깝다는 단점이 있다.

그런데 이 스킬에는 재밌는 특징이 하나 있었다.

그것은 바로, 피격당한 대상에 대미지가 적용되는 방식이었다.

소울 브레이크의 최종 피해량이 어둠의 기운에 담겨 있는 마법 공격력에 따라 결정되는 것이 아니라, 얼마나 강하게 바닥을 찍어 내렸느냐 따라 결정된다.

즉, '마법 피해'를 입히는 것처럼 보이는 스킬인 소울브레이크의 피해량이, 사실은 시전자의 '마법 공격력'이 아닌 '물리 공격력'에 비례한다는 이야기다.

그리고 이안은 소울 브레이크의 매커니즘을 정확하게 꿰고 있었다.

때문에 여유로웠다.

중계진의 말처럼 거의 모든 스킬들이 재사용 대기 시간에 걸려 있는 상황이었음에도 말이다.

'나한테 쓸 스킬이 없으면, 도움을 받으면 그만이지.'

어둠의 속박에 발이 묶인 채 이안은 빠르게 오더를 내리기 시작했다.

오더를 구체적으로 내릴 시간도 없었지만, 그럴 필요도 없었다.

오더를 내리는 대상이 바로, 이미 수없이 합을 맞춰 온 이안의 하수인들(?)이었으니 말이다.

"유신!"

"오케이! 전사의 인내!"

이안의 입이 떨어짐과 동시에, 유신의 손에서 기다렸다는 듯 스킬이 발동되었다.

그리고 유신의 손바닥에서 황금빛의 광채가 뿜어져 나와 이안의 신형을 순식간에 휘감았다.

모든 마법 공격의 피해를 50퍼센트만큼 흡수해 버리는, 전사 클래스 최상위의 버프 스킬이 발동된 것이다.

우우웅–!

이안의 주변으로 퍼져 나가는, 은은한 황금빛 광채.

그리고 거기서 끝이 아니었다.

애초에 단순한 버프스킬 하나로 벗어날 수 있는 위기였더라면, 중계진이 호들갑을 떨지도 않았으리라.

"훈!"

이안의 목소리가 울려 퍼지기 무섭게 샤웰론의 후방에 나타난 훈이 디버프 마법을 발동시켰다.

"사후경직!"

사후경직은 디버프 스킬인 동시에 버프 스킬이다.

적이건 아군이건 관계없이 '언데드'를 대상으로만 발동시킬 수 있는 스킬로, 대상의 이동속도와 물리 공격력을 50퍼센트만큼 하락시키는 대신 방어력을 100퍼센트만큼 증가시키는 스킬이었던 것이다.

시전자의 공격력은 절반으로 떨어뜨린 다음, 피격자는 피해를 흡수하는 스킬을 사용하여 받게 될 피해량을 최소화시키는 전략이었다.

'소울 브레이크'라는 스킬에 대한 완벽한 이해가 있었기에 가능했던, 멋진 파티플레이라고 할 수 있었다.

본래 소울 브레이크의 피해량이 1천만가량이라고 한다면, 버프와 디버프의 중첩으로 250만 이하까지 떨어뜨린 것이다.

또다시 중계석에서는 반쯤 쉬어 버린 하인스의 비명 소리가 터져 나왔다.

—이럴 수개! 이건 정말 미친 순발력이에요!

여기에 마지막으로, 이안의 머리 위에 새하얀 빛이 떨어져 내렸다.

심지어 이번에는 이안의 입이 채 떨어지기도 전이었다.

"대신관의 방패!"

허공에서 새하얀 날개를 펄럭이며 이안을 향해 손을 뻗고 있는 아름다운 여인.

그녀는 바로, 아직까지도 사제 랭킹 1위를 지키고 있는 레비아였다.

원정대가 전부 내성 진입에 성공한 이후 레비아와 레미르 또한 선봉에 합류한 것이다.

그리고 그와 동시에, 이안의 심장으로 어둠의 기운이 쏟아져 들어왔다.

콰쾅- 쾅-!

하지만 이안의 생명력 게이지는 심하다 싶을 정도로 그대로였다.

-'전사의 인내' 스킬을 발동시키셨습니다.

-5초 동안, 모든 '마법'속성의 피해가 50퍼센트만큼 감소합니다.

-원정대원 '레비아'가 '대신관의 방패' 스킬을 발동시켰습니다.

-7분 30초 동안 '대신관의 방패' 버프가 지속됩니다.

-마법 방어력이 30퍼센트만큼 증가합니다.

-방어 타입이 '신성'으로 변환됩니다.

-죽음의 기사단장 '샤웰론'으로부터, 치명적인 피해를 입었습니다!

-생명력이 193,098만큼 감소합니다!

1천만에 육박할 것으로 예상했던 대미지가, 한순간에 50분의 1로 줄어 버리는 기적이 일어났다.

마지막에 덧입혀진 '대신관의 방패' 효과로 인해 피해량이 또 한 번 줄어든 것이다.

마법 방어력 30퍼센트 증가 효과도 무시할 수 없었지만, 방어 속성을 변환시킨 것이 가장 주요한 부분이었다.

어둠 속성의 공격에 가장 적은 피해를 입는 것이, 바로 이 '신성' 타입의 방어 속성이었으니까.

그리고 YTBC의 중계 화면은 이안의 시점에서 진행되고 있었기 때문에, 시청자들도 떠오른 시스템 메시지를 전부 확인할 수 있었다.

때문에 시청자 게시판에는 갖가지 반응들이 난무했다.

─ㅋㅋㅋㅋㅋ하인스 이제 해설 접어야 되는 거 아님? 대미지 겨우 20만 들어왔구만. 1천만이라니ㅋㅋ

─뭐지? 저럴 리가 없는데? 내가 280레벨 전사 클래슨데, 소울 브레이크 저거 내가 써도 100만 가까이 딜 뽑히는 스킬임.

─쯧, 윗분들. 겜알못 티 내지 말고 가만히들 있는 게 좋을 듯. 가만히 있으면 중간이라도 갈 텐데…….

─그러게요. 저거 사실상 딜이 20만이나 나온 게 기적인 상황이에요. 사후경직으로 절반 까고 전사의 인내로 나머지에서 절반 또 흡수해 버린 상황에서 대신관의 방패까지 발동됐는데……. 아마 님들이 쓴 소울 브레이크였으면, 대미지 5천도 안 들어갔을 듯.

─캬, 그나저나 쟤들은 오늘도 입카일란 현실에서 구현하네. 저게 가능한 플레이였다니……. ㄷㄷ

─그런데 친구들, 이건 이안이 대단한 거냐, 서포팅이 대단한 거냐?

─글쎄. 이번에는 서포팅발 아님? 이안은 그냥 가만히 있었잖아.

─맞아. 이번엔 이안 빠들도 인정해야 한다고.

─가만히 있었다뇨? 우리 이안갓이 오더 내리신 거 못 봤음?

─그냥 이름만 부르던데. 그게 오더였음?

-ㅋㅋㄱ 정도는 나도 하겠다.

이것이 아마 개선되기 전의 카일란 방송이었더라면, 시청자들 대부분이 어떻게 된 상황인지 이해하지 못하였을 것이었다.

너무 찰나지간에 모든 상황이 지나가 버렸으니 말이다.

하지만 유저의 화면이 스크린에 그대로 공유되면서, 카일란 좀 안다 하는 유저들은 금세 어찌 된 상황인지 분석해 내었다.

덕분에 카일란 방송이 더욱 재밌어졌음은 말할 것도 없는 사실이었다.

-말씀드리는 순간, 후방에서 접근한 샤크란이 샤웰론을 향해 달려듭니다!

-세일론, 에밀리, 거기에 레미르까지! 쉴 새 없이 샤웰론을 몰아붙이고 있어요!

-와, 그나저나 네임드 몬스터라 그런지 샤웰론은 정말 스텟 깡패네요. 랭커들이 저렇게 몰아붙이는데도, 생명력이 90퍼센트 밑으로 떨어지질 않네요.

-어차피 원정대의 목적도 시간을 끄는 걸 겁니다. 이제 잠시 후면 '검은 달'이 떨어질 테니까요.

-그렇습니다! 앞으로 15초 남았어요! 이제 13초! 12, 11…….

중계진의 카운트다운에 맞춰, 검붉은 하늘에 떠 있던 까만 초승달이 점점 아래로 떨어져 내렸다.

그에 따라 시커멓던 하늘이 조금씩 밝아지기 시작했다.

-3⋯⋯. 2⋯⋯. 1⋯⋯!

목청이 터져라 카운트를 외치는 하인스.

그리고 잠시 후, 원정대 모든 유저들의 눈앞에 새로운 메시지가 떠올랐다.

띠링-!

-'왕의 권능'이 힘을 잃었습니다.

-다크 문이 하늘에서 떨어집니다.

-'어둠의 군단' 병사들의 '어둠의 광폭화' 상태가 해제되었습니다.

-'어둠의 군단' 병사들이 '탈진' 상태에 빠졌습니다.

-'어둠의 군단' 병사들의 전투 능력이 25퍼센트만큼 감소합니다.

그리고 이어서 전장 한복판에 이안의 힘찬 목소리가 울려퍼졌다.

"파티 타임!"

옆에 있던 훈이가 슬쩍 태클을 걸었지만, 기분이 좋았기 때문에 아량을 베풀기로 했다.

"형, 영어도 할 줄 알아?"

"시끄럽고, 언데드나 잡아."

500레벨에 육박하는 수많은 언데드들을 모조리 학살할 수 있는 시간.

이안의 양쪽 입꼬리가 귀에 걸렸음은 물론이었다.

길다면 길고 짧다면 짧다 할 수 있는 보름에 걸친 여정에, 드디어 마침표가 보이기 시작했다.

　수많은 험난한 과정을 무사히 지나고 나서, 에피소드의 마지막을 지키고 있는 '죽은 자들의 왕' 샬리언만을 남겨 놓은 것이다.

　그리고 이 여정은 원정대에 참여한 유저들만의 여정이 아니었다.

　이 보름이라는 시간 동안, 수많은 카일란의 유저들이 동고동락했다 해도 과언이 아니었으니 말이다.

　많은 이들이 거의 모든 방송을 빠짐없이 챙겨 보았으며, 진심으로 원정대의 랭커들을 응원하였다.

　시청자들은 원정대가 위험에 빠졌을 때는 함께 긴장하였으며, 극적으로 위기를 극복할 때에는 마치 본인들의 일처럼 기뻐하였다.

　실제 카일란에서는 초보 유저일지라도 방송을 보는 동안만큼은 마치 원정대의 일원이 된 것 같았으니까.

　때문에 에피소드의 진행이 다이내믹할수록 시청자들은 더욱 행복하였다.

　그런데 사실, 시청자들보다 더욱 행복에 겨운 이들은 따로 있었다.

"캬, 김 대리, 오늘도 회식 어때? 길 건너에 지난달에 생긴 한우 집, 맛이 아주 기가 막히던데 말이야. 고기가 입에서 살살 녹는 게……!"

"콜입니다, 팀장님! 제작국이랑 보도국에도 연락 한번 넣어 볼까요?"

"그거 좋지! 보도국 애들, 야근 때문에 지난번 회식 때 끼지도 못했었는데, 연락하면 아주 좋아하겠네."

"결제는 법카……. 맞죠?"

"이 사람이 그걸 말이라고! 시청률이 이만큼 터졌는데, 법카 일이백 긁는다고 국장님께서 뭐라 하실 리 없잖나."

"으흐흐, 좋습니다!"

그들은 바로, 이번 에피소드를 거의 독점적으로 방송한 YTBC의 직원들이었다.

이번 이안의 원정대 방송이 게임 방송 역사상 전무후무한 시청률 기록들을 세웠기 때문이다.

수많은 시청률 지표들 중 '순간 최고 시청률'이라는 하나의 지표 빼고는 전부 갈아치워 버린 것.

게다가 아직까지 리치 킹과의 전투가 남아 있었기 때문에, YTBC에서는 순간 최고 시청률 기록까지도 경신할 수 있을 것이라 기대하고 있었다.

상황이 이렇다 보니, 이번 방송과 관련된 YTBC의 모든 직원들은 보너스를 두둑이 받았고, 사내 분위기는 그 어느 때보다 화기애애했다.

그리고 이 YTBC의 직원들 중에도 가장 큰 수혜를 받은 인물이 있었으니…….

YTBC의 경영국, 광고사업부 1팀의 팀장인 유재웅이었다.

"그나저나 팀장님, 정말 축하드립니다. 이번에 차장으로 승진하실 예정이라는 말 들었습니다."

"후후, 고맙네."

"그런데 대체 이안갓을 무슨 수로 섭외하신 겁니까? 게임 내 메신저는 전부 차단되어 있고, 길드 통해서 연락 넣어 봐도 항상 퀘스트 때문에 바쁘다는 회신만 오던데요. 저도 비법 좀 알려 주시죠."

"하하, 그냥 운이야, 운. 운이 좋았을 뿐이지."

"에이, 너무하십니다, 팀장님. 후배한테도 길을 좀 알려 주셔야죠."

유재웅은 마치 겸손을 떨 듯, 부하 직원의 물음에 대답 않고 얼버무렸다.

하지만 운이 좋았다는 그의 말은 결코 겸손이 아니었다.

그것은 말 그대로 사실이었으니까.

이안과 커넥팅해서 방송을 따온 것이 그이기는 하지만, 사실 그가 먼저 이안을 찾아간 게 아니었으니 말이다.

단지 이안으로부터 전화가 걸려왔을 때, 우연히 그 전화를 받은 것이 그였을 뿐이었다.

'휴, 그때 마침 팀 사무실에 나밖에 없었던 게 행운이었지.'

음흉한 미소를 지은 유재웅의 시선이 사무실을 한번 훑고 지나갔다.

팀의 부하 직원들은 회식이라는 말에 신이 나서 가방을 싸고 있었으며, 사무실 내 커다란 스크린에는 지금도 원정대의 방송이 흘러나오는 중이었다.

그런데 사무실을 둘러보던 그의 시선이 원정대 방송이 송출되고 있는 화면에 고정되었다.

화면에는 익숙하기 그지없는 얼굴이 떠올라 있었다.

'불쌍한 녀석, 내가 다음에 너한텐 밥 한번 거하게 사마.'

유재웅의 시선에 들어온 이는, 다름 아닌 하인스.

지금 사내에서 가장 고생하고 있는 직원이 바로 하인스일 것이었다.

화면 안에서 목이 터져라 해설하는 하인스가 어쩐지 안타까운 재웅이었다.

수많은 언데드 군단을 몰살시킨 이안의 원정대는, 그 뒤에도 많은 난관을 거쳐야 했다.

강력한 어둠의 결계로 만들어진 함정들도 통과해야 했으며, 샬리언의 직속 수하인 듯 보이는 초고레벨의 네임드 보스들도 처치해야만 했다.

그러나 이전까지 지나왔던 난관들의 난이도가 얼마나 높았으면 그러한 일련의 과정들이 쉬워 보일 지경이었다.

결과적으로 원정대는 열 명도 채 되지 않는 원정대원의 희생만으로 팔카치오 왕성 내부까지 진입할 수 있었다.

그리고 우여곡절 끝에 팔카치오 왕성 안에 들어선 원정대의 눈앞에, 새로운 시스템 메시지들이 떠올랐다.

띠링-!

-강렬한 죽은 자들의 기운이 엄습합니다.

-어둠 속성 저항력이 10만큼 감소합니다.

-마법 방어력이 5퍼센트만큼 감소합니다.

-'공포' 상태 이상 저항력이 20만큼 감소합니다.

-'어둠 제국의 황성' 던전에 입장하셨습니다.

-던전을 최초로 발견하셨습니다.

-지금부터 24시간 동안 획득하는 모든 경험치가 2배로 적용됩니다.

-지금부터 24시간 동안 모든 종류의 아이템과 골드 드롭률이 두 배로 상승합니다.

-명성이 30만큼 증가합니다.

……중략……

-에피소드의 최종 보스 리치 킹 샬리언과 조우하였습니다.

잠깐 사이에 시야를 가득 메우는 수많은 시스템 메시지들.

원정대의 유저들은 그 어느 때보다 더욱 긴장된 표정이 되었다.

길고 길었던 에피소드의 끝자락을 드디어 마주했기 때문이었다.

게다가 지금 그들의 눈앞에는 리치 킹 샬리언의 그림자가 드리워져 있었다.

"나의 권역에 발을 들였다는 건, 망자亡者가 될 준비가 되었다는 말이겠지."

음습하고 사이한 한 남자의 목소리가 던전의 내부에 울려 퍼졌다.

이어서 원정대 유저들의 시야에 시커먼 망토를 휘날리며 허공에 떠 있는 샬리언의 모습이 들어왔다.

그야말로 좌중을 압도하는, '죽은 자들의 왕' 리치 킹의 위용.

유저들은 잔뜩 긴장한 채, 서둘러 본인들의 상태를 점검하였다.

리치 킹이 어떤 힘을 가지고 있을지는 누구도 알 수 없었다.

하지만 이것 하나만큼은 분명했다.

지금까지 상대해 왔던 어떤 보스 몬스터보다도 샬리언이 강력할 것이라는 것.

원정대의 선두에 서 있던 이안이 천천히 샬리언을 향해 걸어 나왔다.

하지만 그것은, 이안의 의지와는 상관없는 행동이었다.

에피소드의 달성율과 공헌도가 가장 높은 유저가 바로 이안이었고, 때문에 이안을 중심으로 스토리가 전개되었으니 말이다.

던전 내의 모든 유저들은 AI에 의해 통제받기 시작하였고, 에피소드의 마지막 스토리가 진행되었다.

고오오오-!

커다란 공명음과 함께 샬리언의 주변으로 새카만 어둠의 기운이 퍼져나갔다.

이어서 이안의 앞으로 샬리언의 신형이 떨어져 내렸다.

일반적인 사람보다 족히 세 배는 커다란 몸집을 가진 리치 킹 샬리언.

그의 거구가 땅에 떨어지자 묵직한 소리가 장내에 울려퍼졌다.

쿠웅-!

그리고 이안과 샬리언의 시선이 허공에서 맞부딪쳤다.

샬리언의 입에서 칼칼한 목소리가 흘러나왔다.

"후후, 겁도 없이 나의 권능에 도전한 인간이 바로 네놈이었군."

이어서 이안의 입이 천천히 떨어졌다.

"죽은 자들의 왕이여, 나를 기억하는가?"

흥미롭다는 듯한 표정이 된 샬리언은 허리를 숙여 이안의 앞에 얼굴을 들이밀었다.

"물론이다. 나는 이미 한계를 초월한 존재. 죽은 자들의 왕이 된 이후, 나는 망각하는 방법을 잊었으니까."

"그것 참 안타까운 이야기로군. 망각이야말로 신이 인간에게 내린 최고의 선물인데 말이야……. 아니, 그대는 '망각'뿐 아니라 수많은 인간에게 내려진 축복들을 잃어버렸겠지."

"축복이라……."

"행복, 사랑, 즐거움. 네게는 이러한 감정들이 남아 있는가?"

이안의 반문에, 샬리언의 한쪽 입꼬리가 천천히 말려 올라갔다.

겉으로 보기에는 웃음 지은 듯한 샬리언의 표정이었지만, 그 안에는 강렬한 분노가 담겨 있었다.

"나는 생전에도 그러한 감정들을 '축복'이라 느껴 본 일이 없다."

"그렇게 믿고 싶은 거겠지."

"후후, 설령 그렇다 한들 그것이 '영생'보다 가치 있을 것이라 생각하는가?"

이를 악물며 묻는 샬리언과 이안의 시선이 다시 한 번 허공에서 맞부딪쳤다.

이어지는 잠깐 동안의 정적 후 이안은 다시 묵묵히 입을 열었다.

"행복할 수 없다면, 사랑할 수 없다면……. 영원한 삶을

누리는 것이 무슨 의미가 있겠는가.”

“어째서 그렇지?”

“지금 여기 있는 내가 그리고 나의 뒤에 있는 우리 모두 중 그 누구도……!”

“……?”

“그대를 부러워하지 않는다는 사실이, 그 증거가 될 것이다.”

“노옴!”

두 눈이 붉게 충혈된 샬리언이 오른손에 쥔 거대한 묵빛의 지팡이를 있는 힘껏 바닥에 내리찍었다.

쾅아앙―!

이어서 샬리언의 지팡이로부터 강렬한 어둠의 기운이 사방으로 퍼져 나갔다.

쾅쾅쾅쾅!

그리고 그 기운에 휩쓸린 원정대의 유저들은 적지 않은 피해를 입었으며, 각각 반 보 이상 뒤로 밀려 나갔다.

당연한 이야기겠지만, 바로 앞에 있었던 이안이 가장 큰 대미지를 받았다.

“크윽!”

단 한 번의 공격에, 절반도 넘는 양이 뭉텅이로 잘려 나간 이안의 생명력 게이지.

하지만 자신의 캐릭터를 관조하는 중인 이안은, 전혀 놀라거나 당황하지 않았다.

샬리언이 뿜어낸 방금의 기운은, 이안이 아니라 그 누가 맞았더라도 같은 비율만큼의 생명력이 소모되었을 테니 말이다.

'아마 60퍼센트 정도로 설정되어 있는 것 같은데…….'

카일란에서는 결코 AI가 유저를 통제하는 중에 입는 대미지 때문에 유저가 사망에 이르게 만들지 않는다.

때문에 지금처럼 AI의 통제 하에 스토리가 진행될 때는, 오히려 그 어느 때보다 안전하다고 할 수 있었다.

이안은 샬리언의 공격에 놀라는 대신 진행되는 스토리의 내용에 귀를 기울였다.

또, 그와 동시에 던전 내부의 구조를 면밀히 살피고 있었다.

샬리언과의 대화가 진행되는 지금이 안전하게 던전 내부를 파악할 수 있는 기회였으니 말이다.

'전체가 돔 형식으로 되어 있는 구조로군. 돔 치고는 뾰족하게 높은 것 같기도 하고……. 던전의 중심부는 조심해야겠어. 함정이 있기 딱 좋은 모양새야.'

그리고 이안의 머릿속이 분주하게 회전하는 사이, 이안의 AI와 리치 킹의 대화는 마무리 단계에 들어서고 있었다.

"역시, 그때 네놈을 살려 두는 것이 아니었다. 마계에서 네 녀석을 죽였어야만 했어."

"마치 살려 '준' 것처럼 말하는군. 살려 준 것이 아니라, 죽이지 '못한' 것이 아니던가."

"클클, 자만하지 말라, 인간. 나는 당시 네놈을 죽이려면 얼마든 죽일 수 있었다. 다만, 나의 봉인을 풀어 준 대가로 끝까지 쫓지 않았던 것일 뿐."

"그렇다면 우린 서로, 한 번씩 실수를 한 셈이 되었군. 나는 실수로 봉인되어 있던 네놈을 풀어 주었고, 네놈은 실수로 나를 살려 두었으니 말이야."

"크하하핫, 잘도 가져다 붙이는군."

"사실을 말했을 뿐."

둘 사이에 또다시 잠시간의 정적이 흘렀다.

이어서 샬리언의 전신에서 강렬한 어둠의 기운이 뿜어져 나오기 시작했다.

"좋다, 인간. 그렇다면 그 실수, 지금 이 자리에서 만회해 보도록 하지."

샬리언에 이어 이안 또한 허리에 꽂혀 있던 붉은 검을 뽑아 들었다.

스르릉-!

바늘 떨어지는 소리조차 들릴 만큼 쥐 죽은 듯 고요한 던전의 한복판에, 날카롭고 예리한 쇳소리가 울려 퍼졌다.

림롱으로부터 노획한 명검 블러디 리벤지였다.

"나 또한 마찬가지다, 샬리언. 마왕에게 속아 네놈의 봉인을 풀어 주었던 그날의 실수, 이 자리에서 만회하도록 하마."

샬리언은 천천히 허공으로 떠올랐으며, 이안은 다시 원정대의 진영으로 돌아갔다.

그리고 잠시 후, 에피소드의 마지막 전투가 시작되었다.

카일란을 플레이하는 유저들 중 이안보다 보스 레이드를 많이 트라이해 본 이들은 아마 셀 수 없이 많을 것이다.

한 번 공략에 성공한 레이드는 웬만해서 다시 가지 않는 이안과 달리, 대부분의 유저들이 같은 보스를 여러 번 사냥하기 때문이었다.

보스에게서 드롭되는 아이템들 중 비싼 값에 팔리는 특정 아이템을 획득하기 위한 노가다 같은 개념이라고 할까.

물론 이안도 꼭 필요한 아이템을 위해서라면 보스 노가다를 마다하지 않을 테지만, 지금까지 그럴 필요성을 느낀 적이 없었다.

이안의 아이템은 항상 남들보다 앞서가는 상태였으니 말이다.

또 이안이 공략해 온 대부분의 보스 몬스터들이 한 번 클리어하면 더 이상 사냥할 수 없는 메인 스토리의 보스인 경우가 많았다는 점도 하나의 이유가 될 것이었다.

어쨌든 이안은 보스 트라이 횟수 자체는, 일반적인 유저들보다 훨씬 적었다.

그렇다면 이안의 경험치가 부족하다고 할 수 있을까?

당연한 이야기겠지만, 그것은 결코 아니다.

이안은 하나의 보스를 여러 번 트라이하지 않은 것일 뿐, 그 누구보다도 많은 종류의 보스 공략에 성공한 인물이기 때문이었다.

특히 카일란 스토리 전개상 단 한 번만 등장하는 강력한 에피소드 보스의 경우, 지금까지 등장했던 보스들 중 대부분이 이안의 손에 클리어되었기 때문에, 이런 관점에서 보면 이안의 보스 레이드 경험은 누구보다도 풍부하다고 할 수 있었다.

그리고 이를 통해 만들어진 이안의 순간적인 상황 판단 능력과 뛰어난 임기응변은, 지금 원정대의 상황에 다른 무엇보다도 필요한 능력이었다.

누구도 트라이해 본 일 없는 에피소드 보스인 리치 킹 샬리언.

그에 최초로 도전하는 지금의 상황에 이안의 통솔 능력은 더욱 빛이 날 수밖에 없는 것이다.

그리고 그러한 사실을 모두가 잘 알고 있기 때문에, 원정대의 유저들은 이안의 오더를 믿고 따라 움직였다.

"세일론 님, 우측 방어선 조금 밀어 주시고, 헤르스, 좌측 방어선 홀딩!"

"오케이!"

"알겠습니다!"

"샤크란 님은 지금처럼 적 근거리 딜러 위주로 견제해 주시면 되고요, 혹시 공격형 사제 유저분 계신가요?"

"저, 저요!"

"아, 유리나 님, 후방에 보이는 어둠술사들 저격 좀 해 주세요. 홀리 애로우 날려서 디버프만 묻혀 주시면 됩니다."

"알겠어요!"

홀리 애로우는 평범한 단일 공격력을 가진 빛 속성의 원거리 공격 스킬이다.

하지만 그 사정거리가 엄청나게 길고 '언데드'에 한해서 '회복 불가'라는 강력한 디버프를 걸 수 있기 때문에, 언데드와의 전투에서 이안이 전략적으로 많이 애용하는 스킬이었다.

어둠 군단의 가장 짜증나는 특징이, 어둠술사들이 가진 강력한 언데드 재생 스킬이었으니까.

그리고 홀리 애로우의 디버프가 적에게 명중되고 나면…….

"피올란 님, 레미르 누나, 회복 불가 걸린 어둠술사들부터 잘라 줘요!"

"알겠어!"

"네, 이안 님!"

원거리 딜러들의 공격을 집중시켜 디버프가 끝나기 전에

하나씩 제거하는 것이다.

이안은 이렇게 전장의 곳곳을 누비며, 원정대를 안정적으로 운영해 나갔다.

'상대가 리치 킹이라 당연한 부분이겠지만, 마지막 보스전까지도 대규모 전투 양상이네.'

리치 킹의 손아귀에서 보랏빛의 섬광이 뿜어져 나올 때마다 여지없이 고개를 들고 일어나는 수많은 언데드 몬스터들.

하르가수스의 위에서 전장을 쭉 훑던 이안의 시선이 종래에는 던전 정 중앙에 떠올라 있는 샬리언에게로 향했다.

샬리언은 강력한 네임드 언데드들에 둘러싸여 철통같은 엄호를 받고 있었다.

네임드 언데드들의 외형은 다양했다.

머리가 여러 개 달린, 마치 신화 속 히드라 같은 외형을 한 몬스터도 있었으며, 칠흑의 갑주를 쫙 빼입은 채 거대한 대검을 휘두르는, 강인한 기사의 모습을 한 데스 나이트도 존재했다.

'그나저나 샬리언은 대체 레벨이 몇이나 되는 걸까?'

이안의 시선이 샬리언의 머리 위로 향했다.

─리치 킹 샬리언 : Lv. ???

본래대로라면 그 옆에 레벨도 명시되어 있어야 하지만, 어떤 이유에서인지 샬리언의 레벨은 비공개 처리되어 있었다.

다만 유추할 수 있는 것은, 샬리언의 레벨이 500보다도 훨씬 높을 것이라는 점이었다.

그 주변을 지키는 네임드 몬스터들의 레벨이 정확히 500 레벨이었으니 말이다.

'어차피 잔챙이들은 아무리 죽여 봐야 계속 소환될 테니 의미 없고…….'

이안의 두 눈이 날카롭게 빛났다.

'저 네임드 몬스터부터 하나씩 잘라야 뭔가 진전이 있겠 군.'

보스전이 시작된 지 5분여 정도가 지나자, 원정대 유저들 모두가 안정된 플레이를 보여 주기 시작했다.

샬리언의 공격 패턴 안에서 방어선을 지켜 낼 수 있는, 저마다의 역할을 완벽히 찾아낸 것이다.

그리고 지금이 이안과 샤크란이 기다려 왔던 순간이기도 했다.

"꼬마, 슬슬 움직여 볼까?"

"좋죠!"

현재 리치 킹의 왕성 안에 들어와 있는 원정대 유저들의 숫자는 어림잡아 350~400명 정도.

이안은 그 안에서도 20여 명 정도의 최정예 유저들만을 데리고, 네임드 몬스터를 하나씩 줄여 나갈 생각이었다.

물론 그동안 300명이 넘는 나머지 원정대원들이 놀고 있는 것은 아니었다.

그들은 네임드를 공략하는 정예 유저들의 뒤에서 든든한 버팀목이 되어 줘야 하는 것이다.

타탓-!

허공으로 번개처럼 도약한 샤크란이 중얼거리듯 작은 목소리로 입을 열었다.

"어디부터 조져 볼까?"

그리고 그 말을 들은 이안이, 원정대의 채팅 창에 빠르게 오더 메시지를 올렸다.

-첫 번째 타깃은 아리아네스. 시체 폭발 스킬만 조심하면 어렵지 않은 상대일 겁니다.

네임드 몬스터가 '네임드'인 이유는, 카일란에 단 하나밖에 존재하지 않는 고유한 몬스터이기 때문이었다.

그 말인 즉 눈앞에 있는 이 네임드 몬스터들은, 리치 킹의 왕성이 아니라면 어디서도 만날 수 없는 몬스터라는 이야기.

그런데 이안은 어떻게 이 네임드 몬스터의 고유 능력들과 특징을 알고 있는 것일까?

그에 대한 답은 간단했다.

이안은 바로 1~2시간 전까지 눈앞에 있는 일곱의 네임드 보스들을 전부 상대해 봤던 것이다.

팔카치오 내성에 진입한 뒤 리치 킹이 있는 왕성에 도달하기까지 이안과 원정대의 앞길을 막았던 네임드 몬스터들이, 바로 이곳에 다 모여 있었던 것.

이안은 그때 이들의 공격 패턴과 고유 능력에 대해 전부 파악해 놨었고, 때문에 거침없이 오더를 내릴 수 있었다.

'어쩐지 끝까지 싸우지 않고 중간에 도망가더라니. 피날레를 장식하기 위해서였군.'

리치 킹을 바로 옆에서 보좌하는 일곱의 강력한 하수인들.

애초에 이들은, 두 번 상대해야만 하는 구조로 스토리가 짜여 있었던 것이다.

그리고 이것은 어쩌면 '기획자의 배려'라고 할 수도 있었다.

각자 위협적인 공격 패턴을 갖고 있는 강력한 네임드 몬스터들을 아무런 정보도 없는 상황에서 한 번에 상대하게 된다면, 난이도가 올라가는 것은 당연한 일이기 때문이었다.

스르릉-!

림롱에게서 빼앗은 '블러디 리벤지'를 뽑아 든 이안이, 네임드 몬스터 아리아네스의 후방으로 접근하기 시작했다.

그리스 신화에 나오는 마녀인 '메두사'를 닮은 외형을 한 몬스터인 아리아네스.

이안이 이 녀석을 첫 번째 타깃으로 지정한 이유는 간단했다.

네임드 몬스터들 중 가장 생명력과 맷집이 약함과 동시에, 각종 까다로운 CC기를 고유 능력으로 가지고 있기 때문.

특히 '메두사'의 능력을 닮은 광역 석화 고유 능력은 한순간에 원정대 전체를 파멸로 이끌 수도 있는 무시무시한 스킬이었다.

빠르게 아리아네스의 뒤로 움직인 이안은, 두 눈을 날카롭게 빛냈다.

지금 손에 쥐어져 있는 블러디 리벤지의 고유 능력, 블러드 스플릿Blood Split을 발동시키기 위한 각을 재고 있는 것이다.

'조금만 더 왼쪽으로……!'

블러드 스플릿은, 순식간에 직선상의 모든 적을 베고 지나가는 강력한 돌진 기술이다.

여러 대상을 타격할 수 있는 범위 스킬임에도 불구하고 계수가 2천에 육박하는, 최상위 등급의 고유 능력인 것이다.

게다가 이 블러드 스플릿에는 몇 가지의 조건부 발동 옵션이 붙어 있었는데, 그것이 바로 블러드 스플릿의 백미라고 할 수 있었다.

*블러드 스플릿으로 하나 이상의 대상을 처치할 시, 즉시 블러드 스플릿의 재사용 대기 시간이 초기화된다.
*블러드 스플릿으로 대상의 후방을 정확히 공격할 시, 공격력이 150퍼센트만큼 강화되며 치명타 확률이 35퍼센트만큼 증가한다.
*세 번 이상 연속해서 치명적인 공격을 성공시킬 시, 블러드 스플릿의 재사용 대기 시간이 초기화된다.

이안은 종종 밥을 먹거나 휴식을 취할 때, 다른 랭커들의 플레이 영상을 시청하곤 했다.

때문에 그는, 림롱의 전투 영상도 제법 여러 번 시청한 적이 있었다.

그리고 림롱의 전투 영상 중에서도 가장 흥미로웠던 장면이 이 블러드 스플릿을 이용해 순식간에 적을 암살하는 부분이었다.

'후후, 블러드 스플릿이 이런 매커니즘으로 작동하는 고유 능력이었군.'

한눈에 보아도 높은 수준의 컨트롤 능력을 요하는 스킬인 블러드 스플릿.

하지만 그렇기 때문에, 이안은 이 고유 능력이 더욱 마음에 들었다.

난이도가 높은 컨트롤을 성공시켰을 때 온몸에 차오르는 쾌감은 그 어떤 자극보다도 강렬했으니 말이다.

마치 암살자가 되기라도 한 듯 은밀히 몸을 움직이던 이안이, 순간 지면을 박차고 허공으로 뛰어올랐다.

지금까지 전투 중에 몇 번 블러드 스플릿을 발동시켜 보며 손에 익혔으니, 이제는 머릿속에 떠올린 그림을 그려 낼 때였다.

파팟-!

이어서 이안의 신형이, 한 줄기 붉은 빛이 되어 허공을 가르기 시작했다.

촤아악-!

허공을 가르며 사방으로 퍼져 나가는, 날카롭기 그지없는 강렬한 파공음.

붉은 섬광이 된 이안의 신형은 정확히 아리아네스의 심장을 뚫고 지나갔고, 치명적인 피해를 입은 아리아네스는 고통에 찬 목소리로 울부짖었다.

"키아아아!"

그런데 그 파공음은 놀랍게도 한 번으로 끝나지 않았다.

촤악!

촤아악!

촤촤촥!

마치 허공을 붉은 핏물로 수놓기라도 하겠다는 듯 시뻘건 피의 섬광이 연속해서 허공을 가르고 지나간 것이다.

정확히 일곱 번.

붉은 기운이 '아리아네스'의 심장을 관통한 뒤…….

스하아아아!

네임드 몬스터 아리아네스는, 그대로 까만 재가 되어 사라지고 말았다.

"이, 이게 대체……!"

열심히 아리아네스에게 합공을 펼치던 원정대의 랭커들은 말 그대로 벙찐 표정이 될 수밖에 없는 상황이었다.

특히 바로 앞에서 흑마법을 캐스팅하던 훈이의 입은 쩍 벌어진 채 다물어질 줄을 몰랐다.

"……?"

한쪽 입가에서 침이 흐르는 것도 깨닫지 못한 훈이는 방금 벌어진 상황을 이해하기 위해 열심히 머리를 굴려 보았다.

하지만 잠시 후 떠올려 낼 수 있었던 것은…….

"괴, 괴물!"

이안이라는 인물은 역시 정상이 아니라는 결론뿐이었다.

to be continued